U0526829

王小波　著

绿毛水怪

北京出版集团公司
北京十月文艺出版社

新经典文化股份有限公司
www.readinglife.com
出 品

目录

序 《绿毛水怪》和我们的爱情	1
绿毛水怪	7
战福	53
这是真的	69
歌仙	84
这辈子	101
变形记	111
猫	120
我在荒岛上迎接黎明	126
地久天长	134

序 《绿毛水怪》和我们的爱情

二十一年前,小波去世后,一帮年轻时代的好友约我出去散心,其中一位告诉我,小波的《绿毛水怪》在他那里。我真是喜出望外:它竟然还在!我原以为已经永远失去了它。

《绿毛水怪》是我和小波的媒人。第一次看到它是在一位我们共同的朋友那里。这是一部小说的手稿。小说写在一个有漂亮封面的横格本上,字迹密密麻麻,左右都不留空白。小说写的是一对情窦初开的少男少女的恋情。虽然它还相当幼稚,但是其中有什么东西却深深地拨动了我的心弦。

小说中有一段陈辉(男主人公)和妖妖(女主人公)谈诗的情节:

> 白天下了一场雨。可是晚上又很冷。没有风。结果是起了雨雾。天黑得很早。沿街楼房的窗户上喷着一团团白色的光。

大街上，水银灯在半天照起了冲天的白雾。人、汽车隐隐约约地出现和消失。我们走到10路汽车站旁。几盏昏暗的路灯下，人们就像在水底一样。我们无言地走着，妖妖忽然问我："你看这夜雾，我们怎么形容它呢？"

我鬼使神差地作起诗来，并且马上念出来。要知道我过去根本不认为自己有一点作诗的天分。

我说："妖妖，你看那水银灯的灯光像什么？大团的蒲公英浮在街道的河流上，吞吐着柔软的针一样的光。"妖妖说："好，那么我们在人行道上走呢？这昏黄的路灯呢？"

我抬头看看路灯，它把昏黄的灯光隔着蒙蒙的雾气一直投向地面。

我说："我们好像在池塘的水底，从一个月亮走向另一个月亮。"

妖妖忽然大惊小怪地叫起来："陈辉，你是诗人呢！"

从这几句诗中，小波的诗人天分已经显露出来。虽然他后来很少写诗，更多的是写小说和杂文，但他是有诗人的气质和才能的。然而，当时使我爱上他的也许不是他写诗的才能，而更多的是他身上的诗意。

小说中另一个让我感到诧异和惊恐的细节是小说主人公热爱的一本书——陀思妥耶夫斯基的一本不大知名的书《涅朵奇卡·

涅茨瓦诺娃》。小波在小说中写道：

> 我看了这本书，而且终生记住了前半部。
> 我到现在还认为这是一本最好的书，顶得上大部头的名著。我觉得人们应该为了它永远纪念陀思妥耶夫斯基。

在我看到《绿毛水怪》之前，刚好看过这本书，印象极为深刻，而且一直觉得这是我内心的秘密。没想到竟在小波的小说中看到了如此相似的感觉，当时就有一种内心秘密被人看穿之感。小波在小说中写道（男主人公第一人称）：

> 我当然是坚决地认为妖妖就是——卡加郡主，我的最亲密的朋友。唯一的遗憾是她不是个小男孩。我跟妖妖说了，她反而抱怨我不是个小女孩。可是结果是我们认为我们是朋友，并且永远是朋友。

关于陀思妥耶夫斯基的那本小说我如今已记忆模糊，只记得其中有这样一个情节：卡加郡主和涅朵奇卡接吻，把嘴唇都吻肿了。这是一个关于两个情窦初开的小女孩热烈纯洁的恋情的故事。我看到小波对这本书的反应之后，心中暗想：这是一个和我心灵相通的人，我和这个人之间早晚会发生点什么事情。我的这个直觉没有错,后来我们俩认识之后,心灵果然十分投契。这就是我把《绿毛水怪》视为我们的媒人的原因。

在小波过世之后,我又重读这篇小说,当看到妖妖因为在长时间等不到陈辉之后蹈海而死的情节时,禁不住泪流满面。

(陈辉站在海边,大海)浩瀚无际,广大的蔚蓝色的一片,直到和天空的蔚蓝联合在一起,却永远不会改!我看着它,我的朋友葬身大海,想着它多大呀,无穷无尽的大。多深哪,我经常假想站在海底看着头上湛蓝的一片波浪,像银子一样。我甚至微微有一点高兴,妖妖倒找到了一个不错的葬身之所!我还有些非非之想,觉得她若有灵魂的话,在海底一定是幸福的。

我现在想,我的小波就像妖妖一样,他也许在海里,也许在天上,无论他在哪里,我知道他是幸福的。他的一生虽然短暂,也不乏艰辛,但他的生命是美好的。他经历了爱情、创造、亲密无间和不计利益得失的夫妻关系,他死后人们对他天才的发现、承认、赞美和惊叹。我对他的感情是无价的,他对我的感情也是无价的。世上没有任何尺度可以衡量我们的情感。从《绿毛水怪》开始,他拥有我,我拥有他。在他一生最重要的时间,他的爱都只给了我一个人。我这一生仅仅因为得到了他的爱就足够了，无论我又遇到什么样的痛苦磨难，小波从年轻时代起就给了我这份至死不渝的爱，就是我最好的报酬。我不需要任何别的东西了。

         李银河
        一九九七年初稿
        二〇一八年修订

绿毛水怪

一、人妖

"我与那个杨素瑶的相识还要上溯到十二年以前。"老陈从嘴上取下烟斗,在一团朦胧的烟雾里看着我。这时候我们正一同坐在公园的长椅上。"我可以把这段经历完全告诉你,因为你是我唯一的朋友,除了那个现在在太平洋海底的她。我敢凭良心保证,这是真的;当然了,信不信还是由你。"老陈在我的脸上发现了一个怀疑的微笑,就这样添上一句说。

十二年前,我是一个五年级的小学生。我可以毫不吹牛地说,我在当初被认为是超人的聪明,因为可以毫不费力看出同班同学都在想什么,哪怕是心底最细微的思想。因此,我经常惹得那班孩子笑。我经常把老师最宠爱的学生心里那些不好见人的小小的虚荣、嫉妒统统揭发出来,弄得他们求死不得,因此老师们很恨我。

就是老师们的念头也常常被我发现，可是我蠢得很，从不给他们留面子，都告诉了别人，可是别人就把我出卖了，所以老师们都说我"复杂"，这真是一个可怕的形容词！在一般同学之中，我也不得人心。你看看我这副尊容，当年小学生中间这张脸也很个别，所以我在学生中有一外号叫"怪物"。

好，在小学的一班学生之中，有了一个"怪物"就够了吧，但是事情偏不如此。班上还有个女生，也是一样的精灵古怪，因为她太精，她妈管她叫"人妖"。这个称呼就被同学当做她的外号了。当然了，一般来说，叫一个女生的外号是很下流的。因此她的外号就变成了一个不算难听的昵称"妖妖"。这样就被叫开了，她自己也不很反感。喂，你不要笑，我知道你现在一定猜出了她就是那个水怪杨素瑶。你千万不要以为我会给你讲一个杜撰的故事，说她天天夜里骑着笤帚上天。这样的事情是不会有的，而我给你讲的是一件真事呢。

我记得有那么一天，班上来了一位新老师，原来我们的班主任孙老师升了教导主任了。我们都在感谢上苍：老天有眼，把我们从一位阎王爷手底下救出来了。我真想带头山呼万岁！孙老师长了一副晦气脸，刚到我们班来上课时，大家都认为他是特务。也有人说他过去一定当过汉奸。这就是电影和小人书教给我们评判好赖人的方法，凭相貌取人。后来知道，他虽然并非特务和汉奸，却是一位地地道道的土匪，粗野得要命。"你没完成作业？为什么没完成！"照你肚子就捅上一指头！他还敢损你、骂你，就是骂你不骂你们家，免得家里人来找。你哭了吗？把你带到办公室让你洗了脸再走，免得到家泪痕让人看见。他还敢揪女生的小辫往外拽。谁都怕他，包括家长在内。他也会笼络人，也有一群好学生当他的爪牙。好家伙，简直建立了一个班级地狱！

可是他终于离开我们班了。我们当时是小孩，否则真要酌酒庆贺。新来了一位刘老师，第一天上课大家都断定她一定是个好人，又和气，相貌又温柔。美中不足就是她和孙主任（现在升主任了）太亲热，简直不同一般。同学们欢庆自己走了大运，结果那堂课就不免上得非常之坏。大家在互相说话，谁也没想提高嗓门，但渐渐地不提高嗓门对方就听不见了。于是大家就渐渐感觉到胸口痛、嗓子痛，耳朵里面"嗡嗡嗡"。至于刘老师说了些什么，大家全都没有印象。到了最后下课铃响了，我们才发现：刘老师已经哭得满脸通红。

于是第二节课大家先是安静了一会儿，然后课堂里又乱起来。可是我再也没有跟着乱，可以说是很遵守课堂纪律。我觉得同学们都很卑鄙，软的欺侮，硬的怕。至于我吗，我是个男子汉大丈夫，我不干那些卑鄙的勾当。

下了课，我看见刘老师到教导处去了。我感到很好奇，就走到教导处门口去偷听。我听见孙主任在问：

"小刘，这节课怎么样？""不行，主任。还是乱哄哄的，根本没法上。"

"那你就不上,先把纪律整顿好再说!"

"不行啊,我怎么说他们也不听!"

"你揪两个到前面去!"

"我一到跟前他们就老实了。哎呀,这个课那么难教……"

"别怕,哎呀,你哭什么,用不着哭,我下节课到窗口听听,找几个替你治一治。谁闹得最厉害?谁听课比较好?"

"都闹得厉害!就是陈辉和杨素瑶还没有跟着起哄。"

"啊,你别叫他们骗了,那两个最复杂!估计背地里捣鬼的就是他们!你别怕……今天晚上我有两张体育馆的球票,你去吗?……"

我听得怒火中烧,姓孙的,你平白无故地污蔑老子!好,你等着瞧!好,第三节课又乱了堂。我根本就没听,眼睛直盯着窗外。不一会儿就看见窗台上露出一个脑瓢,一圈头发。孙主任来了。他偷听了半天,猛地把头从窗户里伸上来,大叫:"刘小军!张明!陈辉!杨素瑶!到教导处去!"

刘小军和张明吓得面如土色。可是我坦然地站起来。看看妖妖,她从铅笔盒里还抓了两根铅笔,拿了小刀。我们一起来到办公室。孙主任先把刘小军和张明叫上前一顿臭骂,外加一顿小动作:

"啊,骨头就是那么贱?就是要欺负新老师吗?啊,我问你呢……"然后他俩抹着泪走了。孙主任又叫我们:

"陈辉，杨素瑶！你到这儿来削铅笔来了吗？你知道我为什么叫你来？"

妖妖收起铅笔，严肃地说："知道，孙主任，因为我们两个复杂！"

"哈哈！知道就好。小学生那么复杂干什么？你们在课堂里起什么好作用了吗？啊！！"

"没有。"妖妖很坦然地说。我又加上一句："不过也没起什么坏作用。"

"啊，说你们复杂你们就是复杂，在这里还一唱一和的哪……"我气疯了。孙主任真是个恶棍，他知道怎么最能伤儿童的心。我看见刘老师进来了，更是火上添油，就是为了你孙魔鬼才找上我！我猛地冒了一句："没你复杂！"

"什么，你说什么！说清楚点！！"

"没你复杂，拉着新老师上体育馆！"

"呃！"孙主任差点噎死，"完啦，你这人完啦！你脑子盛的些什么？道德品质问题！走走走，小刘，咱们去吃饭，让这两个在这里考虑考虑！"

孙主任和刘老师走了，还把门上了锁，把我们关在屋里。妖妖噘着嘴坐在桌子上削铅笔，好好的铅笔被削去多半截。我站在那儿发呆，直到两腿发麻，心说这个娄子捅大了，姓孙的一定去找我妈。我听着挂钟"咯噔咯噔"地响，肚子里也"咕噜咕噜"

地叫。哎呀，早上就没吃饱，饿死啦！忽然妖妖对我说："你顶他干吗！白吃苦。好，他们吃饭去了，把咱们俩关在这里挨饿！"

我很抱歉："你饿吗？""哼！你就不饿么？"

"我还好。""别装啦。你饿得前心贴后心！你刚才理他干吗？"

"啊，你受不了吗？你刚才为什么不说'孙主任，我错了'！"

"你怎么说这个！你你你！！"她气得眼圈发红。我很惭愧，但是也很佩服妖妖。她比我还"复杂"。我朝她低下头默默地认了错。我们两个就好一阵没有再说话。

过了一会儿，肚子饿得难受，妖妖禁不住又开口了："哎呀，孙主任还不回来！"

"你放心，他们才不着急回来呢。就是回来，也得训你到一点半。"我真不枉了被叫做怪物，对他们的坏心思猜得一点不错。

妖妖点点头承认了我的判断，然后说："哎呀，十二点四十五了！要是开着门，我早就溜了！我才不在这里挨饿呢！"

我忽然饿急生智，说："听着，妖妖。他们成心饿我们，咱们为什么不跑？""怎么跑哇？能跑我早跑了。""从窗户哇，拔开插销就出去了。外面一个人也没有。"

说得好。我们爬上了窗户，踏着孙主任桌子上的书拔开了插销，跳下去，一直溜出校门口没碰上人，可是心跳得厉害，真有一种做贼的甜蜜。可是在街上碰上一大群老师从街道食堂回来，有校长、孙主任、刘老师，还有别的一大群老师。

孙主任一看见我们就瞪大了眼睛说:"谁把你们放出来的?"我上前一步说:"孙主任,我们跳窗户跑的。我饿着呢。都一点了,早上也没吃饱。"妖妖说:"等我们吃饱了您再训我们吧。"

老师们都笑得前仰后合。校长上来问:"孙主任为什么留你们?""不为什么。班上上刘老师的课很乱,可是我们可没闹,但是孙老师说我们'复杂',让我们考虑考虑。"老师们又笑了个半死。校长忍不住笑说:"就为这个么?你们一点错也没有?"

妖妖说:"还有就是陈辉说孙主任和刘老师比我们还复杂。""哈!哈!哈!"校长差点笑死了,孙主任和刘老师脸都紫了。校长说:"好了好了,你们回去吃饭吧,下午到校长室来一下。"

我们就是这样成了朋友,在此之前可说是从来没说过话呢。

我鼓了两掌说:"好,老陈,你编得好。再编下去!"老陈猛地对我瞪起眼睛,大声斥道:"喂,老王,你再这么说我就跟你翻脸!我给你讲的是我一生最大的隐秘和痛苦,你还要讥笑我!哎,我为什么要跟你讲这个,真见鬼!心灵不想沉默下去,可是又对谁诉说!你要答应闭嘴,我就把这件事情原原本本地告诉你。"

你听着,当天中午我回到家里,门已经锁上了。妈妈大概是认为我在外面玩疯了,决心要饿我一顿。她锁了门去上班,连钥匙也没给我留下。我在门前犹豫了一下,然后坚决地走开了。我才不像那些平庸的孩子似的,在门口站着,好像饿狗看着空盘一样,我敢说像我这般年纪,十个孩子遇上这种事,九个会站在门口发傻。

好啦,我空着肚子在街上走。哎呀,肚子饿得真难受。在孩子的肚子里,饥饿的感觉比大人要痛切得多。我现在还能记得哪,好像有多少个无形的牙齿在咬啮我的胃。我看见街上有几个小饭馆,兜里也有几毛钱。可是那年头,没有粮票光有钱,只能饿死。

我正饥肠辘辘在街上走,猛然听见有人在身边问我:"你这么快就吃完饭了吗?"我把头抬起来一看,正是妖妖。她满心快活的样子,正说明她不唯没把中午挨了一顿训放在心上,而且刚刚吃了一顿称心如意的午饭。我说:"吃了,吃了一顿闭门羹!"你别笑,老王。我从四年级开始,说起话来有些同学就听不懂了。经常一句话出来,"其中有不解语",然后就解释,大家依然不懂,最后我自己也糊涂了。就是这样。

然后妖妖就问我:"那么你没吃中午饭吧?啊,肚子里有什么感觉?"老王,你想想,哪儿见过这么卑鄙的人?她还是个五年级小学生呢!我气坏了:"啊啊,肚子里的感觉就是,我想把你吃了!"可是她哈哈大笑,说:"你别生气,我是想叫你到我家吃饭呢。"

我一听慌了,坚决拒绝说:"不去不去,我等着晚上吃吧。"

"你别怕,我们家里没有人。""不不不!!那也不成!""哎,你不饿吗?我家真的一个人也没有呢。"

我有点动心了。肚子实在太饿了,到晚饭时还有六个钟头呢。

尤其是晚饭前准得训我，饿着肚子挨训那可太难受啦。当然我那时很不习惯吃人家东西，可是到了这步田地也只好接受了。

我跟着她走进了一个院子，拐了几个弯之后，终于到了后院，原来她家住在一座楼里。我站在黑洞洞的楼道里听着她"哗啦啦"地掏钥匙真是羡慕，因为我没有钥匙，我妈不在家都进不了门。好，她开了门，还对我说了声"请进"。

可是她家里多干净啊。一般来说，小学生刚到别人家里是很拘谨的，好像桌椅板凳都会咬他一口。可是她家里就很让我放心。没有那种古老的红木立柜，阴沉沉的硬木桌椅，那些古旧的东西是最让小学生骇然的。它们好像老是板着脸，好像对我们发出无声的喝斥："小崽子，你给我老实点！"

可是她家里没有那种倚老卖老的东西，甚至新家具也不多。两间大房间空旷得很。大窗户采光很多，四壁白墙在发着光。天花板也离我们很远。

她领我走进里间屋，替我拉开一张折叠椅子，让我在小圆桌前坐下。她铺开桌布，啊啊，没有桌布。老王，你笑什么！然后从一个小得不得了的碗橱往外拿饭、拿菜，一碟又一碟，老王，你又笑！她们家是上海人，十一粒花生米也盛了一碟，我当时数了，一个碟子就是只有十一粒花生米。其他像两块咸鱼、几块豆腐干、几根炒青菜之类，浩浩荡荡地摆了一桌子，其实用一个大盘子就能把全部内容盛下。然后她又从一个广口保温瓶里倒出一大碗汤，最后给我盛了一碗冷米饭。她说：

"饭凉了，不过我想汤还是热的。"

"对对，很热很热。"我口齿不清地回答，因为嘴里塞了很多东西。

她看见我没命地朝嘴里塞东西就不逗我说话了，坐在床上玩弄辫子。后来干脆躺下了，抄起一本书在那里看。

过了不到三分钟，我把米饭吃光了，又喝了大半碗汤。她抬起头一看就叫起来："陈辉，你快再喝一碗汤，不然你会肚子痛的！"

我说："没事儿，我平时吃饭就是这么快。""不行，你还是喝一碗吧。啊，汤凉了，那你就喝开水！"她十万火急地跳起来给我倒开水。我一面说没事，一面还是拿起碗来接开水，因为肚子已经在发痛了。

在我慢慢喝开水的时候，她就坐在床上跟我胡聊起来。我们甚至谈到自己的父母凶不凶。你知道，就是在小孩子中间，这也是最隐秘、最少谈到的话题。

忽然我看到窗户跟前有个闹钟，吓得一下跳起来：

"哎呀，快三点了！"

可是妖妖毫不惊慌地说："你慌什么？等会儿咱们直接去校长室，就说是回家家里现做的饭。"

"那他还会说我们的！""不会了，你这人好笨哪！孙主任留咱们到一点多对吗？学校理亏呢。校长准不敢再提这个事。"

我一想就又放下心来：真的，没什么。孙主任中午留我们到一点多真的理亏呢。可是我就没想到。不过还是该早点去。我说："咱们现在快去吧。"

妖妖无可奈何地站起来："其实根本不用怕。陈辉，你怕校长找你吗？""我不怕。我觉得，怎么也不会比孙主任更厉害。""我也不怕，我觉得，咱们根本没犯什么错。咱们有理。"我心里说真对呀，咱们有理。

后来我们一起出来上学校。走在路上，妖妖忽然很神秘地说："喂，陈辉，我告诉你一句话。"

"什么呀？"喂，老王，你这家伙简直不是人！你听着，她说："我觉得大人都很坏，可是净在小孩面前装好人。他们都板着脸，训你呀，骂你呀。你觉得小孩都比大人坏吗？"

我说我决不这样以为。

"对了。小孩比大人好得多。你看孙主任说咱们复杂，咱们有他复杂吗？你揪过女孩的小辫子吗？他要是看见你饿了，他会难受吗？哼，我说是不会。"

我说："不过，咱们班同学欺负刘老师也很不好，干吗软的欺负硬的怕呢？"

"咱们班的同学，哼！都挺没出息的，不过还是比孙主任好。刘老师也不是好人，孙主任把咱们俩关起来，她说不对了吗？"

我不得不承认刘老师也算不上一个好人。

"对了,他们都是那样,刘老师为了让班上不乱,孙主任揍你她也不难受。我跟你说,世界上就是小孩好。真的,还不如我永远不长大呢。"

她最后那句话我永远不会忘记。啊,那时我们都那么稚气,想起来真让人心痛!

老陈用手紧紧地压着左胸,好像真的沉湎于往事之中了。我也很受感动,简直说不上是佩服他的想象天才呢,还是为这颗真正的、童年时代的泪珠所沉醉。说真的,我听到这儿,对这故事的真实性,简直不大怀疑了。

老陈感慨了一阵又讲下去:"后来我们一直就很好。哎呀,童年时期,回想起来就像整整一生似的。一切都那么清晰、新鲜,毫不褪色,如同昨日!"

我说:"你快讲呀!编不下去了么?"

"编?什么话!你真是个木头人。大概你的童年是在猪圈里度过的,没有一宗真正的感情。"

后来我发现了一个新大陆。那是五年级下学期的事情。这个新大陆就是中国书店的旧书门市部。老王,你知道我们那条街上商场旁边有个旧书铺吧?有一天我放了学,不知怎么就走到那里去了。真是个好地方!屋子里暗得像地下室,点了几盏日光灯。烟雾腾腾,死一样的寂静。偶尔有人咳嗽几声,整整三大间屋子里就没几个人。满架子书皮发黄的旧书，什么都有，而且可以白看，根本没人来打搅你。净是些好书，不比学校图书馆里净是些哄没牙孩子的东西。安徒生的《无画的画册》，谜一样的威尼斯，日光下面的神话境界！马克·吐温的《哈克贝利·芬历险记》，妙不可言！我跟你说，我能从头到尾背下来。还有无数的好书，书名美妙封面美好的书，它们真能在我幼小的心灵里唤起无穷的幻想。我要是有钱的话，非把这铺子盘下来不可。可是我当时真没有几个大子儿，而且这几个大子儿也是不合法的，就是说被我妈发现一定要没收的。我看看这一本，又看看那一本，都是好书，价钱凭良心说也真公道。可是不想买。我总共有七毛钱，可以买一本厚的，也可以买两本薄的。我尽情先看了一通，翻了有八九本，然后挑了一本《无画的画册》，大概不到一毛钱吧，然后又挑了一本《马尔夏斯的芦笛》，我咒写那本破书的阿尔巴尼亚人不得好死！这本破书花了我四毛钱，可是写了一些狗屁不如的东西在上面。我当时不知道辨认作者的方法，就被那个该死的书名骗了，要知道我正看马克·吐温的《哈克贝利·芬历险记》看得上瘾，就因为那本书卖六毛钱放弃了它！我到收款处把带着体温的、沾着手汗的钱交了上去，心里很为我的没气派害羞。可是过了一会儿，我就兴高采烈地走了出去，小心眼地用手捂着书包里那两本心爱的书。我想，我就是被车轧死，人们也会发现我书包里放着两本好书的，心里很为书和我骄傲。后来仔细看了一遍《马尔夏斯的芦笛》，真为这个念头羞愧。幸亏那天没被车轧死，否则要因为看这种可耻的书遗臭万年的。不过这是后话了，不是当天的事。

我为这幸福付出了代价。因为回家晚挨了一顿好打。不过我死不悔改，晚上睡觉时还想着我发现了一个无穷无尽的快乐的源泉。第二天上课时我完全心不在焉。不过不要紧，我不听课也能得五分。好容易忍到下午放学，我找到妖妖对她说："喂，妖妖，我发现一个好地方！"

"什么好地方？""旧书店，里面有无尽其数的好书！！"

"书？看书有什么意思？不过是小白兔、大萝卜之类。我每天放学之后都去游泳，你看我把游泳衣都带着呢。你陪我去吧？"

"小白兔、大萝卜根本就不是书。你跟我上一次旧书店吧。包你满意。"

她不大愿意去，不过看我那么兴致勃勃，也不愿扫我的兴。哎呀，那么小的时候我们就学会了珍惜友谊……

"老陈，少说废话，否则我叫你傻瓜了！"

"傻瓜？你才是傻瓜！你懂得什么叫终生不渝的友谊吗？"

我领着她钻进那个阴暗的书店。我看见《哈克贝利·芬历险记》还在书架上，高兴极了，立刻把它抽下来给妖妖，说："你看看这本书，担保你喜欢！"我其实就是为了这本书来的，可是为了收买她的兴致把它出卖了。我又在书架翻了一通，找着了一本卡达耶夫的《雾海孤帆》，马上就看得入了迷。

可是我看了一会儿，还不忘看看妖妖。呵，她简直要钻到书里去了。我真高兴！如果，一个人有什么幸福不要别人来分享，那一定是守财奴在数钱。可是我又发现一点小小的悲哀，就是她把我给她的《哈克贝利·芬历险记》放到一边去了，捧着看的是另一本。被她从书架上取下来放在一边的书真是不少，足足有五六本：《短剑》《牛虻》，还有几本。后来我们长大了，这些书看起来就太不足道了。可是当时！

我看看书店的电钟，六点钟了。昨天被揪过的耳朵还有点痛呢！我说："妖妖，回家吧！""急什么，再看一会儿。""算了吧！明天还能看的。"妖妖抬起头看着我说："你急什么呀？""六点了。"妖妖说："不要紧，到七点再回家。"

我也真想再看一会儿，但是揪耳朵的滋味不想再尝了，我坚决地说："妖妖，我非得回家不可了。""你怎么啦？"

我什么也不瞒她。我说："我妈要揍我。你看我今天早上左耳朵是不是大一点？噢，现在还肿着哪！"

妖妖伸手轻轻地摸着我的耳朵，声音有点发抖："痛吗？"

"废话，不痛我也不着急走了。""好，咱们走吧。"

我看看《雾海孤帆》的标价，又把它放下了。其实不贵，只要四毛钱。可是我就剩两毛钱了。妖妖问我："这书不好吗？""不，挺有意思。""那干吗不把它买回去看？"

我不瞒她，告诉她我没钱了。她说："我有钱哪。明天我管我妈要一块钱。她准会给的。我还攒了一些钱,把它拿着吧。"

她选了好几本,连《哈克贝利·芬历险记》也在内,交了钱之后书包都塞不下了。她跟我说:"你替我拿几本吧,看完了还我。"

可是我不敢拿,怕拿回家叫家里人看见。褥子底下放一两本书还可以,多了必然被发现。如果被我妈看见了,那书背后还打着中国书店的戳哪!要是一下翻出四五本来,准说是偷钱去买的,就是说借妖妖的她也不信。所以我就只拿了《雾海孤帆》回家。

第二天我完全叫《雾海孤帆》迷住了:敖德萨喧闹的街市!阳光!大海!工人的木棚!彼加和巴甫立克的友谊!我看完之后郑重地推荐给妖妖,她也很喜欢。后来她又买了一本《草原上的田庄》,我们也很喜欢,因为这里又可以遇见彼加和巴甫立克,而且还那么神妙地写了威尼斯、那波里和瑞士。不过我们一致认为比《雾海孤帆》差多了。

后来我们又看了无数的书,每一本到现在我都差不多能背下来。《小癞子》《在人间》,世界上的好书真多哇!

有一天,下课以后我被孙主任叫去了。原因是我在上课时看《在人间》。他恐怕根本不知道高尔基是谁。刘老师也不知道。我到教导处时他们两个狗男女正在看那本书哪。我不知他们在书里看出什么,反正他们对我说话时口气凶得要命:

"陈辉,你知道你思想堕落到什么地步了吗?你看黄色书籍!"我当时对高尔基是个什么人已经了解一点,所以不很怕他们的威吓。

我说:"什么叫黄色书籍呀?"

"就是这种书!你看这种书,就快当小流氓了!"

我猛然想起书里是有一点我不懂的暧昧的地方,看起来让人觉得有点心跳。可是我对小流氓这个称呼坚决反对。我甚至哭了。我说:

"你瞎说!高尔基不是流氓!他和列宁都是朋友!"孙主任听了一愣,马上跳起来大发雷霆:

"你说谁胡说?你强词夺理!你还敢骗人!这个流氓会和列宁是朋友?你知道列宁是谁吗?你污蔑革命领袖!"

这时候校长走了进来,问:"怎么啦?啊,是陈辉!你怎么又不遵守纪律呀?"

孙主任气呼呼地说:"这问题严重了,非得找家长不可!看黄色小说!校长,这孩子复杂得很,说这个'割尔基'和列宁是朋友,真会撒谎!"

校长看了看书皮,笑了:"高尔基,老孙。我告诉你,高尔基是俄国伟大的无产阶级作家,列宁很关心他的写作。这孩子看这书是早了点。你千万别找陈辉的家长,他爸爸是教育局的呢。你让他知道一个教导主任连高尔基是谁都不知道,那可太丢人了。"

我哭着说:"孙主任说我是流氓,我非告诉我爸爸不可。他还说高尔基是流氓作家!他大概根本也不知道列宁是哪国人!"

孙主任脸都吓白了。校长和刘老师赶紧上来哄我:"你也别太狂了！大人不比你强？你看过几本书？你现在不该看这种书，我们是为你好。你上课看小说就对吗？好啦，拿着书走吧，回家别乱说，啊？"

我拿回了《在人间》，真比从老虎嘴里抢下了一头牛还高兴，赶紧就跑。我根本不敢回家去说，家里知道和老师顶了嘴准要揍我。我赶快跑去找妖妖，可是妖妖已经走了。我又想去书店，可是已经晚了。于是我就回家了。

老王，你看学校就是这么对付我们：看见谁稍微有点与众不同，就要把他扼杀、摧残，直到和别人一样简单，否则就是复杂！

好了，我要告诉你，我们不是天天上书店的：买来的书先得看个烂熟。而且还要两个人凑够七八毛钱时才去。我经常两分、五分地凑给妖妖存着。她也从来不吃冰棍了，连上天然游泳场两分钱的存衣钱也舍不得花。我和她到钓鱼台游了几次泳，都是把衣服放在河边。那一天我被孙主任叫去训的时候，她一个人上书店了，后来我看见她拿了一本薄薄的书在看。过了几天她把那本书拿给我说："陈辉，这本书好极了！我们以前看过的都没这本好！你放了学不能回家，到我家去看吧，别在教室里看。"

我一看书名：《涅朵奇卡·涅茨瓦诺娃》。

我看了这本书，而且终生记住了前半部。

我到现在还认为这是一本最好的书，顶得上大部头的名著。我觉得人们应该为了它永远纪念陀思妥耶夫斯基。

我永远也忘不了叶菲莫夫的遭遇，它使我日夜不安。并且我灵魂里好像从此有了一个恶魔，它不停地对我说：人生不可空过，伙计！可是人生，尤其是我的人生就要空过了，简直让人发狂。还不如让我和以前一样心安理得地过日子。

不过这也是后话，不是当时的事情。当时我最感动的是，卡加郡主和涅朵奇卡的友谊真让我神醉魂销！不过你别咧嘴，我们当时还是小孩呢。喂，你别伪君子好不好！我当然是坚决地认为妖妖就是——卡加郡主，我的最亲密的朋友。唯一的遗憾是她不是个小男孩。我跟妖妖说了，她反而抱怨我不是个小女孩。可是结果是我们认为我们是朋友，并且永远是朋友。

不过这样的热情可没维持多长，到了毕业的时候，我们还是很好，但是各考了一个学校。我考了一个男校，妖妖考上了女校五百八十九中。从此就不大见面了。因为妖妖住校。有时在街上走我也不好意思答理她，因为有同学在旁边呢。我也不愿到她家去。为什么呢？因为我们大了，知道害羞了。并且也会把感情深藏起来，生怕人家看到。不过我从来没有忘记她，后来有一段时间根本没有看见她。中学里很热闹，我有很多事情干呢，甚至不常想起她来。

可是后来五百八十九女中解散了，分了一部分到我们学校来插班，我们学校从此就成了男女合校。那是初二的事情。妖妖正好分在我们班！

二、人妖（续）

那天下午，老师叫我们在教室里等着欢迎新同学。当然了，大家都很不感兴趣，纷纷溜走，只剩下班干部和几个老实分子。我一听说是五百八十九中，就有点心怀鬼胎，坐在那里不走。

我听见走廊里人声喧哗，好像有一大群女生走了进来，她们一边走一边说，细心听去，好像在谈论校舍如何如何。忽然门"砰"的一声开了，班主任走进来说："欢迎新同学，大家鼓掌！嗯，人都跑到哪儿去了？"

没人鼓掌，大家都不好意思。她们也不好意思进来，在门口探头探脑。终于有两个大胆的进来了，其余的人也就跟进来。我突然看见走在后面的是杨素瑶！

啊，她长高了，脸也长成了大人的模样：虽然消瘦，但很清秀。身材也很秀气，但是瘦得惊人，不知为什么那么瘦。梳着两条长辫子，不过那是很自然的。长辫子对她瘦长的身材很合适。

我细细地看她的举止，哎呀，变得多了。她的眼睛在睫毛底下专注地看人，可是有时又机警得像只猫：闪电般地转过身去，目光在搜索，眉毛微微有一点紧皱，然后又放松了，好像一切都明白了。我记得她过去就不是很爱说话的。现在就更显得深沉，嘴唇紧紧地闭着。可是她现在又把脸转向我，微微地一笑，嘴角嘲弄人似的往上一翘。

后来她们都坐下了，开了个欢迎的班会，然后就散了伙。我出了校门，看见她沿着街道朝东走去。我看看没人注意我，也就尾随而去。可是她走得那么坚决，一路上连头也没回。我不好在街上喊她，更不好意思气喘吁吁地追上去。我看见她拐了个弯，就猛地加快了脚步。可是转过街角往前再也看不见她了。我正在失望，忽然听见她在背后叫："陈辉！"

我像个傻子一样地转过身去，看见她站在拐角处的阴凉里，满脸堆笑。她说："我就知道你得来找我。喂，你近来好吗？"

我说："我很好。可是你为什么那么瘦？要不要我每天早上带个馒头给你？"

她说："去你的吧！你那么希望人人胖得像猪吗？"

我想我绝对不希望任何一个人胖得像猪，但是她可以胖一点吧？不对！她还是这个样子好。虽然瘦，但是我想她瘦得很妙。

于是我又和她并肩地走。我问："你上哪里去？"

"我回家，你不知道我家搬了吗？你上哪儿去？"

"我？我上街去买东西。你朝哪儿走？"

"我上10路汽车站。"

"对对，我要买盒银翘解毒丸。你知道鹤年堂吗？就在双支邮局旁边。咱们顺路呢！"

我和她一起在街上走，胡扯着一些过去的事情。我们又想起了那个旧书店，约好以后去逛逛。又谈起看过的书，好像每一本都妙不可言。我忽然提到：

"当然了，最好的书是……"

"最好的书是……"

"涅……！！！"我突然在她的眼神里看出了制止的神色，就把话吞了下去，噎了个半死。不能再提起那本书了。我再也不是涅朵奇卡，她也不是卡加郡主了。那是孩子时候的事情。

忽然她停下来，对我说："陈辉，这不是鹤年堂吗？"我抬头一看，说："呀，我还得到街上去买点东西呢，回来再买药吧。"

我送她到街口，然后就说："好，你去上车吧。"可是她朝我狡猾地一笑，扬扬手，走开了。我径直往家走，什么药也没有买。

可是我感到失望，感到我们好像疏远了。我们现在不是卡加郡主和涅朵奇卡了，也不是彼加和巴甫立克了。老王，你挤眉弄眼地干什么！我们现在想要亲近，但是不由自主地亲近不起来。很多话不能说，很多话不敢说。我再不能对她说：妖妖，你最好变成男的。她也不敢说：我家没有男孩子，我要跟我爸爸说，收你当我弟弟。这些话想起来都不好意思，好像小时候说的蠢话一样，甚至都怕想起来。可是想起那时候我们那么亲密，又很难舍。我甚至有一个很没有男子气概的念头。对了，妖妖说得不错，还不如我们永远不长大呢！

可是第二天，妖妖下了课之后，又在那条街的拐角那儿等我，我也照旧尾随她而去。她笑着问我:"你上哪儿呀?"

我又编了个借口:"我上商场买东西,顺便上旧书店看看。你不想上旧书店看看吗?"

她二话没说,跟我一起钻进了旧书店。

哎,旧书店呀旧书店,我站在你的书架前,真好比马克·吐温站在了没有汽船的码头上!往日那些无穷无尽的好书哪儿去了呢?书架上净是些《南方来信》《艳阳天》之类的书。呵……欠!!我想,我们在旧书店里如鱼得水的时候,正是这些宝贝在新书店里撑场面的时候。现在,这一流的书也退了下来,到旧书店里来争一席位置,可见……

纯粹是为了怀旧,我们选了两本书:《铁流》和《毁灭》。我想起了童年时候的积习,顺手把兜里仅有的两毛钱掏给她。可是她一下就皱起眉头来,把我的手推开。后来大概是想起来这是童年时的习惯,朝我笑了笑,自己去交钱了。

出了书店,我们一起在街上走。她上车站,我去送她。奇怪的是我今天没有编个口实。她忽然对我说:"陈辉,记得我们一起买了多少书吗?二百五十八本!现在都存在我那儿呢。我算了算总价钱,一百二十一块七毛五。我们整整攒了一年半!不吃零食,游泳走着去,那是多大的毅力呀!对了对了,我应该把那些书给你拿来,你整整两年没看到那些书了。"

我说:"不用,都放在你那儿吧。""为什么呢?""你知道吗?

到我手里几天就得丢光！这个来借一本，那个来借一本，谁也不还。"

那一天我们就没再说别的。我一直送她上汽车，她在汽车上还朝我挥手。

后来我就经常去送她，开始还找点借口，说是上大街买东西，后来渐渐地连借口也不找了。她每天都在那个拐角等我，然后就一起去汽车站。

我可以自豪地说，从初二到初三，两年九十四个星期，不管刮风下雨，我总是要把她送到汽车站再回家。至于学校的活动，我是再也没参加过。

可是我们在路上谈些什么呢？哎呀，说起来都很不光彩。有时甚至什么也不说，就是默默地送她上了汽车，茫然地看着汽车远去的背影，然后回家。

有一天我们在街上走，她忽然问我："陈辉，你喜欢诗吗？"

那时我正读莱蒙托夫的诗选读得上瘾，就说："啊，非常喜欢。"后来我们就经常谈诗。她喜欢普希金朴素的长诗，连童话诗都喜欢。可是我喜欢的是莱蒙托夫那种不朽的抒情短诗。我们甚至为了这两种诗的优劣争执起来。为了说服我，她给我背诵了《青铜骑士》的楔子，我简直没法形容她是怎么念出：我爱你，彼得兴建的大城……

她不知不觉在离车站十几米的报亭边停住了，直到她把诗背完。

可是我也给她念了《我爱这连绵不断的青山》和《遥远的星星是明亮的》。那一天我们很晚才分手。

有一天学校开大会，我们出来的时候已经很晚了。那是五月间的事情。白天下了一场雨。可是晚上又很冷。没有风。结果是起了雨雾。天黑得很早。沿街楼房的窗户上喷着一团团白色的光。大街上，水银灯在半天照起了冲天的白雾。人、汽车隐隐约约地出现和消失。我们走到10路汽车站旁。几盏昏暗的路灯下，人们就像在水底一样。我们无言地走着，妖妖忽然问我："你看这夜雾，我们怎么形容它呢？"

我鬼使神差地作起诗来，并且马上念出来。要知我过去根本不认为自己有一点作诗的天分。

我说："妖妖，你看那水银灯的灯光像什么？大团的蒲公英浮在街道的河流上，吞吐着柔软的针一样的光。"妖妖说："好，那么我们在人行道上走呢？这昏黄的路灯呢？"

我抬头看看路灯，它把昏黄的灯光隔着蒙蒙的雾气一直投向地面。

我说："我们好像在池塘的水底。从一个月亮走向另一个月亮。"

妖妖忽然大惊小怪地叫起来："陈辉，你是诗人呢！"

我说："我是诗人？不错，当然我是诗人。"

"你怎么啦？我说真的呢！你很可以做一个不坏的诗人。你有真正的诗人气质！"

"你别拿我开心了。你倒可以做个诗人,真的!"

"我做不成。我是女的,要做也只能成个蓝袜子。哎呀,蓝袜子写的东西真可怕。"

"你什么时候看到过蓝袜子写的东西?"

"你怎么那么糊涂?我说蓝袜子,就是泛指那些没才能的女作家。比方说乔治·爱略特之流。女的要是没本事,写起东西来比之男的更是十倍地要不得。"

"具体一点说呢?"

"空虚,就是空虚。陈辉,我不是跟你开玩笑,你一定可以当个诗人!退一万步说,你也可以当个散文家。莱蒙托夫你不能比,你怎么也比田间强吧?高尔基你不能比,怎么也比杨朔、朱自清强吧?"

我叫了起来:"田间、朱自清、杨朔!!!妖妖,你叫我干什么?你干脆用钢笔尖扎死我吧!我要是站在阎王爷面前,他老爷子要我在做狗和杨朔一流作家中选一样,我一定毫不犹豫地选了做狗,哪怕做一只癞皮狗!"

妖妖哈哈大笑起来,笑了又笑,连连说:"我要笑死了,我活不了啦……哈哈,陈辉,你真有了不得的幽默感!哎呀,我得回家了,不过你不要以为我在和你开玩笑,你可以做个诗人!"

她走了。可是我心里像开了锅一样蒸汽腾腾,摸不着头脑。她多么坚决地相信自己的话!也许,我真的可以做个诗人?可是我实际上根本没当什么诗人。老王，你看我现在坐在你身旁，可怜得像个没毛的鹌鹑，心里痛苦得像正在听样板戏，哪里谈得上当什么诗人！

我说："老陈，你别不要脸了。你简直酸得像串青葡萄！"

你听着！你要是遇见过这种事，你就不会这么不是东西了。这以后，我就没有和妖妖独自在一起待过了。我还能记得起她是什么样子吗？最后见到她已经是七年前的事情了。啊！我能记得起的！她是——

她是瘦小的身材，消瘦的脸，眼睛真大啊。可爱的双眼皮，棕色的眼睛！对着我的时候这眼睛永远微笑而那么有光彩。光洁的小额头，孩子气的眉毛，既不太浓，也不太疏，长得那么恰好，稍微有点弯。端立的鼻子，坚决的小嘴，消瘦的小脸，那么秀气！柔软的棕色发辫。脖子也那么瘦：微微地动一下就可以看见肌肉在活动。小姑娘似的身材，少女的特征只能看出那么一点。喂，你的小手多瘦哇，你的手腕多细哇，我都不敢握你的手。你怎么光笑不说话？妖妖，我到处找你，找了你七年！我没忘记你！我真的一刻也不敢忘记你，妖妖！

老陈站起来，歇斯底里朝前俯着身子，眼睛发直，好像瞎了一样，弄得过路人都在看他。我吓坏了，一把把他扯坐下来，咬着耳朵对他说："你疯了！想进安定医院哪！"

老陈呆呆地坐了一会儿，然后茫然地擦了擦头上的汗。

"我刚才看见她了,就像七年前一样。我讲到哪儿了?"

"讲到她说你是个诗人。"

对对,后来过了几天,就开始"文化大革命"了。后来就是大串联!我走遍了全国各地。逛了两年!我像着了魔一样!后来回到北京,我又想起了妖妖。我想再和她见面,就回到学校。可是她再也没来过学校。我在学校里等了她一年!我不知道她家住在哪儿,我也没有地方去打听!后来我就去陕西了。

我在陕西非常苦闷!我渐渐开始想念她,非常非常想念她!我明白了,《圣经》里说,亚当说夏娃是他骨中的骨,肉中的肉,对,就是这么一回事!她是我骨中的骨,肉中的肉。可是到哪里去找她?

后来我又回到北京,可是并不快乐。可是有一天,我在家里坐着,眼睛突然看见书架上有一本熟悉的书,精装的《雾海孤帆》。那是我童年读过的一本书,虽然旧了,但是绝不会认错的。老王,假如你真正爱过书的话,你就会明白,一本在你手中待过很长时间的好书就像一张熟悉的面孔一样,永远不会忘记。那就是我和她在旧书店买的那一本!可是我记得它在妖妖那儿呀!我简直不能想象出它是从哪儿冒出来的,还认为是我记错了。我拿起它,无心去看,但是翻了一翻,还想重温一下童年的旧梦。忽然从里头翻出个纸条来,上面的话我一字不漏地记得:

陈辉：

　　我家住在建国路永安东里九楼431号，来找我吧。

　　　　　　　　　　　　　　　　　　　　　　杨素瑶
　　　　　　　　　　　　　　　　　　　　1969年4月7日

　　那正是我到陕西去的第三天！我拿着书去问我妈，这书是谁送来的。我妈很不害臊地说："是个大姑娘，长得可漂亮了。大概是两年前送来的吧。"

　　我骑上车子就跑！找到永安东里九楼的时候，我连上楼的力气都没有了。腿软得很。心跳得要命，好像得了心律过速。我敲了敲她家的门，有人来开门了！我把她一把抱住，可是抱住了一个摇头晃脑的老太太。老太太可怕得要命！眼皮干枯，满头白发，还有摇头疯，活像一个鬼！

　　我问："杨素瑶在家吗？"

　　老太太一下愣住了："你是谁？"

　　"我，我是她的同学，我叫陈辉。"

　　"你是陈辉！进来吧，快进来。哎呀……（老太太哭了，没命地摇头）小瑶，小瑶已经死啦！"

　　我发了蒙，一切好像在九重雾里。我记得老太太哭哭啼啼地说她回老家去插队，有一次在海边游泳，游到深海就没回来。她哭着说：孩子，我就这么一个女儿呀！我为什么让她回老家呢？

我为什么要让她到海边去呢？呜呜！

我听老太太告诉我，说妖妖在信中经常提到，如果陈辉来找她就赶快写信告诉她。我陪老太太坐到天黑，也流了不少眼泪。这是平生唯一的一次！等到我离开她家的时候，在楼梯上又被一个姑娘拦住了。

她说："你叫陈辉吧？"

我木然答道："是，我是陈辉。"

"我的邻居杨素瑶叫我把这封信交给你，可惜你来得太晚了。"

我到家拆开了这封信，这封信我也背得上来：

陈辉：你好！

我在北京等了你一年，可是你没有来。

你现在好吗？你还记得你童年的朋友吗？如果你有更亲密的朋友，我也没有理由埋怨你。你和我好好地说一声再见吧。我感谢你曾经送过我两千五百里路，就是你从学校到汽车站再回家的五百六十四个来回中走过的路。

如果你还没有，请你到山东来找我吧。我是你永远不变的忠实的

朋友杨素瑶

我要去的地方是山东海阳县葫芦公社地瓜蛋子大队

老陈讲到这里，掏出手绢擦擦眼睛。我深受感动，站起身来准备走了。可是老陈又叫住了我。他说：

"你上哪儿去？我还没讲完呢！后来我和她又见了一面。"

"胡说！你又要用什么显魂之类的无稽之谈来骗我了吧？"

"你才是胡说！你这个笨蛋。这件事情你一定会以为不是真的，可是我愿用生命担保它的真实性。要不是亲身经历过，我也不相信这是真的。你听着！"

他又继续讲下去。如果他刚才讲过的东西因为感情真挚使我相信有这么一回事的话，这一回老陈可就使我完全怀疑他的全部故事的真实性了。不是怀疑，他毫无疑问是在胡说！下面就是他讲的故事——

三、绿毛水怪

后来我在北京待不下去了，也回了山东老家。至于老家嘛，简直没有什么可说的。闭塞得很，人也很无知。我所爱的只是那个大海。我在海边一个公社当广播员兼电工。生活空虚透了，真像爱略特的小说！唯一的安慰是在海边上！海是一个永远不讨厌的朋友！你懂吗？也许是气势磅礴地朝岸边涌，好像要把整个陆地吞下去！也许是不尽不止朝沙滩发出白浪，也许是死一样的静，连一丝波纹也兴不起来。但是浩瀚无际,广大的蔚蓝色的一片,直到和天空的蔚蓝联合在一起,却永远不会改!我看着它,我的朋友葬身大海,想着它多大呀,无穷无尽的大。多深哪,我经常假想站在海底看着头上湛蓝的一片波浪,像银子一样。我甚至微微有一点高兴,妖妖倒找到了一个不错的葬身之所!我还有些非非之想,觉得她若有灵魂的话,在海底一定是幸福的。

可是在海中远远地有一片礁石,退潮的时候就是黑黑的一大片,你可以把它想象成很多东西,一片新大陆,圣海伦岛之类。涨潮的时候就是可笑的一点点,好像在引诱你去那里领受大海的嬉戏。如果是夏天,我每天傍晚到大海里游泳,直到筋疲力尽时,就爬到那里去休息一下。真是个好地方!离岸足有三里地呢。在那里往前看,大海好像才真正把它的宽广显示给你……

有一天傍晚时分我又来到了海滨。那一天海真像一面镜子!只有在沙滩尽边上,才有海水最不引人注意地在拍溅……

我把衣服藏在一块石头底下,朝大海里走去。夕阳的余辉正在西边消逝,整个天空好像被红蓝铅笔各涂了一半。海水浸到了我的腰际,心里又是一阵隐痛……你知道,我听说她死已经是一年前的事情,是一件已经无法挽回的事情了。这种痛苦对于我已经转入了慢性期,偶尔发作一下。我朝大海扑去,游了起来。我朝着那丛礁石游,看着它渐渐大起来,我来了一阵矫健的自由式,直冲到那两片礁石上。你要知道那是一大片犬牙交错的怪石,其实在水下是其大无比的一块，足有二亩地大。一个个小型的石峰耸出水面，高的有一人多高，矮的刚刚露出水面一点。在那些乱石之间水很浅，可是水底下非常的崎岖不平。我想，若干万年前，这里大概是一个石头的孤岛，后来被波涛的威力所摧平。

我爬到最高的一块礁石上。这一块礁石约有两米高，形状酷似一颗巨大的臼齿。我就躺在凹槽里，听着海水在这片礁石之间的轰鸣。天渐渐暗下来。我从礁石后面看去，黑暗首先在波浪间出现。海水有点发黑了。

"该回去了。不然就要看不见岸了。"我在心里清清楚楚地说。找不着岸，那可就糟了。只有等着星星出来才敢往回游，要是天气变坏，就得在石头上过一夜，非把我冻出病来不可！我可没那么大瘾！

我站起身来，眼睛无意间朝礁石中一扫：嚆，把我吓出了一身冷汗！我看见，在礁石中间，有一个好像人的东西在朝一块礁石上爬！我一下把身子蹲下，从石头后面小心地看去，那个怪物背对着我。它全身墨绿，就像深潭里的青苔，南方的水蚂蟥，在动物身上这是最让人憎恶的颜色了。可是它又非常地像一个人，宽阔的背部，发达的肌肉和人一般无异。我可以认为它是一个绿种人，但是它又比人多了一样东西，就其形状来讲，就和蝙蝠的翅膀是一样的，只是有一米多长，也是墨绿色的，完全展开了，紧紧地附在岩石上。蝙蝠的翅膀靠趾骨来支撑。在这怪物的翅膀中，也长了根趾骨，也有个爪子伸出薄膜之外紧紧地抓住岩石。

它用爪子抓住岩石，加上一只手的帮助，缓缓地朝上爬，而另一只手抓着一杆三股叉，齿锋锐利，闪闪有光，无疑是一件人类智慧的产物。可是我并不因为这个怪物有人间兵器而产生什么生理上的好感：因为它有翅膀又有手，尽管像人，比两个头的怪物还可怕。你知道，就连鱼也只有一对前鳍，有两对前肢的东西，只有昆虫类里才有。

它慢慢把身体抬出水面。不管怎么说，它无疑很像一个成年的男子，体形还很健美，下肢唯一与人不同的地方就是因为水下生活腿好像很柔软，而且手是圆形的，好像并在一起就可以成为很好的流线体。脚上五趾的形象还在，可是上面长了一层很长很宽的蹼，长出足尖足有半尺。头顶上戴了一顶尖尖的铜盔。如果我是古希腊人的话，一定不感到奇怪，可我是一个现代人哪。我又发现他腰间拴了一条大皮带，皮带上带了一把大得可怕的短剑，根本没有鞘，只是拴着剑把挂在那里。我不大想和它打交道。它装备得太齐全了，体格太强壮了。可是我又那么骨瘦如柴。我想再看一会儿，但是不想惊动它。因为如果它有什么歹意，我绝对不是对手。

我必须先看好一条逃路，要能够不被发现地溜到海里去，并且要让人在相当长的距离里看不见我，再远一点，因为天黑，在波浪里一个人头都和一根木头看起来差不多了。我回头朝后看看地势，猛然吓出了一身冷汗：原来身后的礁石上也爬上来好几个同样的怪物，还有女的。女的看起来样子很俊美，一头长长的绿头发，一直披到腰际。可就是头发看起来很粗，湿淋淋的像一把水藻。它们都把翅膀伸开钩住岩石，赤裸的皮肤很有光泽。至于装扮和第一个差不多。头上都有铜盔，手里也都拿着长矛或钢叉，离我非常之近！最远的不过十米，可是居然谁也没发现我。可是我现在真是无路可逃了。我找不到一个地方可以躲出它们的交叉视线之外，如果一头跳下去，那更是没指望。这班家伙在水里追上我是毫无问题的；在水里搞掉我比在礁石上更容易。

我下了一个勇士的决心，坚决地站了起来，把手交叉在胸前，傲慢地看着它们。第一个上岸的水怪发现我了，它拄着钢叉站了起来，朝我一笑，这一笑在我看来是不怀好意。它一笑我还看见了它的牙齿：雪白雪白，可是犬齿十分发达。我认为自己完了。这无疑是十分不善良的生物，对我又怀有十分不善良的用心！我在一瞬间慌忙地回顾了一下自己的一生：有很多后悔的地方。可是到这步田地，也没有什么太可留恋、叫我伤心得流泪的东西。我仔细一想，我决不向它乞怜，那不是男子汉的作为。相反地，我唯一要做到的就是死得漂亮一些。我迎上几步对它说："喂，伙计，听得懂人的话吗？我不想逃跑了。逃不过你们，抵抗又没意思，你把刀递过来吧，不用你们笨手笨脚地动手！"

它摇摇头，好像是不同意，又好像不理解。然后伸手招我过去。

我说:"啊,想吃活的,新鲜!那也由你!"我绝不会容它们生吞活剥的。我要麻痹它的警惕性,然后夺下叉子,拼个痛快!

可是我耳边突然响起了一阵笑声。那水怪大声笑着对我说:

"你把我们当成什么了?食人生番?哈哈!"

其他的水怪也随着它一起大笑。我非常吃惊。因为它说得一口美妙的普通话,就口音来说毫无疑问是中国人。

我问:"那么您是什么……人呢?"

"什么人?绿种人!海洋的公民!懂吗?"

"不懂!"

"告诉你吧。我过去和你恐怕还是同乡呢!我,还有我们这些伙计,都是吃了一种药变成这个样子的。我们现在在大海里生活。"

"大海里?吃生鱼?(他点点头)成天在海水里泡着?喂,伙计,你不想再吃一种药变回来吗?"

"还没有发明这种药。但是变不回来很好。我们在海里过得很称心如意。"

"恐怕未必吧。海里有鲨鱼、逆戟鲸,还有一些十分可怕的东西。大海里大概也不能生火,只能捉些小鱼生吃。恐怕你们也不会给鱼开膛,连肠子一起生嚼,还觉得很美。晚上呢?爬到礁石上露宿。像游魂一样地在海里漂泊!终日提心吊胆!我看你们可以向渔业公司去报到。这样你们就可以一半时间在岸上舒服的房间里过。我想你们对他们很有用。"

"哈哈,渔业公司!小伙子,你的胆量大起来了,刚才你还以为我们要吃你当晚饭!你把我们估计得太简单了。鲨鱼肉很臊,不然我们准要天天吃它的肉。告诉你,海里我们是霸王!鲨鱼无非有几颗大牙,你看看我们的钢叉!海里除了剑鱼什么也及不上我们的速度。我们吃的东西吗,当然是生鱼为主。无可否认,吃的方面我们不大讲究。但是也有一些东西是你们享用不到的。你知道鲜海蜇的滋味吗?龙虾螃蟹,牡蛎海参……

我大叫一声:"你快别说了,我要吐了。我一辈子也不吃海里的玩意!"

"是吗?那也不要紧,慢慢会习惯的。小伙子,我看你还有点种。参加我们的队伍吧!吃的当然比不上路易十四,可是我看你也不是爱吃的人,不然你就不会这么瘦了。跟我们一起去吧。海里世界大得很呢。它有无数的高山峻岭,平原大川,辽阔得不可想象!还有太平洋的珊瑚礁,真是一座重重叠叠的宝石山!我可以告诉你,海是一个美妙的地方,一切都笼罩着一层蓝色的宝石光!我们可以像飞快的鱼雷一样穿过鱼群,像你早上穿过一群蝴蝶一样。傍晚的时候我们就乘风飞起,看看月光照临的环形湖。我们也常常深入陆地,美国的五大淡水湖我们去过,刚果河、亚马逊河我们差一点游到了源头。半夜时分,我们飞到威尼斯的铅房顶上。我们看见过海底喷发的火山,地中海神秘的废墟。海底有无数的沉船是我们的宝库……"

"不过你们还是一群动物,和海豚没什么两样。"

"是吗?你如果这么认为就大错特错了。我们中间有学者。我在海中碰上过四个剑桥的大学生,五个牛津的。有一个家伙还邀我们去看他的实验室:设在一个珊瑚礁的山洞里。哈哈,我们中间真有一些好家伙!迟早我们海中人能建立一个强国,让你们望而生畏;不过还得我们愿意。总的来说,我们是不愿意欺负人的,不过,现在我们不想和你们打交道,甚至你们都不知道海里有我们。可是你们要是把海也想得乌烟瘴气的话,我们满可以和你们干一仗的。"

"啊!我是不是在和海洋共和国外交部长说话?"

"不是,哈!哪有什么海洋共和国!只不过我们在海底碰上的同类都有这样的意见。"

"哈哈,这么说,所谓海底强国的公民,现在正三五成群地在大海里漫游,和过去的蒙古人一样?"

"笑什么?当然在某种程度上是这样,可也有人在海底某处定居,搞搞科研,甚至有相当规模的工业,相当规模的城市,有人制造水下猎枪,有人冷锻盖房子的铅板,有人给水下城市制造街灯。还可以告诉你,有人在研究和陆地打一场核战争的计划,作为一种有备无患的考虑。"

"真的么?哎呀,这个世界更住不得了。"

"你不信吗?你可以去看看!只要你加入我们的行列,你就知道我说的不假了。陆地上的人对海洋知道什么？海大得很！海底什么没有啊！……告诉你，我们可不是食人生番。今天晚上我们要到济州岛东面的岩洞音乐厅去听水下音乐会。水下音乐！岸上的音乐真可怜哪。我们有的是诗人和其他艺术家，在海底，象征派艺术正在流行。得啦，告诉你的不少了，你来不来？"

"不来！我从小就不能吃鱼，闻见腥味就要吐，哎呀，你身上真腥！"

"你不来就算了，为什么要侮辱人？你不怕我吃你！你刚才还浑身发抖，现在就这么张狂！好啦，回去不要跟别人说你碰上水怪了。不过你说也无妨，反正不会有人相信。"

我点点头。这时天已经很暗了，周围成了黑白两色的世界，而且是黑色的居多。只有最近的东西才能辨出颜色。最后的天光在波浪上跳跃。我看看远处模糊的海岸，真想和海怪们告辞了。可是我忽然听见有人在背后叫："陈辉！"

我回头一看，有一个女水怪，半截身子还在水里，伏在礁石上，一顶头盔放在礁石上，长长的头发披下来遮掩住了它的身躯。可是它朝我伸出一条手臂低低地叫着："陈辉！"

声音是陌生的低沉，它又是那么丰满而柔软，像一只海豹。但是我认出了它的面容，它独一无二的笑容，我在天涯海角也能认出来，它是我的妖妖！

我打了个寒噤，但是一个箭步就到它跟前，在礁石上跪下对它俯下身子，把头靠在它的头发上。

它伸出手臂，抱住我的脖子。哎呀，它的胳膊那么凉，好像一条鱼！我老实跟你说，当时把我吓了一大跳，不由自主地想把它拿下来。

我们静默了一会儿，忽然其他的水怪大笑起来。和我说话的那一个大笑着说："哈哈！他就是陈辉！在这儿碰上了！伙计们，咱们走吧！"

它们一齐跳下水去。强健的两腿在身后击起一片浪花，把上身抬出水面，右手高举钢叉，在水面上排成一排，疾驰而去，好像是海神波塞冬的仪仗。

等到他们在远处消失，妖妖就把双手紧紧地抱住我的脖子。我打了一个寒噤，猛一下挣开了，不由自主地说：

"妖妖，你像一个死人一样凉！"

它从石头上撑起身子看看我，猛然双眼噙满了泪，大发雷霆：

"对了对了，我像死人一样凉，你还要说我像鱼一样腥吧？可是你有良心吗？一去四五年，连个影子也不见。现在还来说风凉话！你怎么会有良心？我怎么瞎了眼，问你有没有良心？你当然不会有什么良心！你根本不记得有我！"

我吃了一惊："你怎么了？你为什么要说这种话？我到处找你！我怎么会知道你当了……海里的人？"

"啐！你直说当了水怪好了。我怎么知道还会遇上你？啊？我等了你四年,最后终于死了心。然后没办法才当了水怪。我以为当水怪会痛快一些,谁知你又冒了出来。可是我怎么变回去呢?我们离开海水二十四个小时就会干死!"

"妖妖,你当水怪当得野了,不识人了。你怎么知道我不愿意和你一起当水怪了呢?"

"啊?真的吗?我刚才还听见你说死也不当水怪呢!"

"此一时彼一时也。你把你们的药拿来吧。"

"可是你怎么不早说呢?药都由刚才和你说话的人带着,它们现在起码游出十五海里了!"

我觉得头里轰的一声响,眼前金星乱冒,愣在那里像个傻瓜。我听见妖妖带着哭声说:

"怎么啦陈辉,你别急呀,你怎么了?别那么瞪着眼,我害怕呀!喂!我可以找它们去要点药来,明天你就可以永远和我在一块了!"

我猛然从麻木中惊醒:"真的吗?对了,你可以找他们去要的,我怎么那么傻,居然没有想到。哈哈,我真是个傻瓜!你快去吧,我在这里等你。半个小时能回来吗?"

"半个小时!陈辉,你不懂我们的事情。它们走了半个多钟头了。大概离这儿三十五里。用最快的速度去追,啊,大概七个小时能追上它们。然后再回来,如果不迷失方向,明天中午可以到。

"我们这些人根本就不会慢慢溜达,在海里总是高速行驶,谁要是晚走一天就得拼命地赶一个月。我大概不能在途中追上它们,得到济州岛去找它们了。"

"那好,我就在这儿等你,明天中午你还上这儿找我吧。"

"你就在这礁石上过夜吗?我的天,你要冻病的!一会儿要涨潮了,你要泡在水里的!后半夜估计还有大风,你会丧命的!我送你上岸吧!"

"你怎么送我上岸?背着我吗?我的天,真是笑话!你快走吧,我自己游得回去。星星快出来了,我能找着岸。明天中午我在这里等你,你快走吧!"

这时候整个天空已经暗下来,只有西面天边的几片云彩的边缘上还闪着光。海面上起了一片片黑色的波涛,沉重地打在脚下。不知什么时候起了风,现在已经很大了。水不知不觉已经涨到了脚下,又把溅起的飞沫吹到身上。我觉得很冷。尽力忍着,不让上下牙打架。

妖妖抬起头,仔细地看了我一眼,然后"嗵"的一声跃入海里。等到我把脸上的水抹掉,它已经游出很远了。我看到它迎着波涛冲去,黑色的身躯两侧泛起白色的浪花。它朝着广阔无垠的大海——无穷无尽的波涛,昏暗无光之下的一片黑色的、广袤浩瀚的大海游去了。我看见,它在离我大约半里地的地方停下了,在汹涌的海面上把头高高抬出海面在朝我瞭望。我站起来朝它挥手。它也挥了挥手,然后转身,明显加快了速度,像一颗鱼雷一样穿过波浪,猛然间,它跃出水面,张开背上的翅膀在水面上滑翔了一会儿,然后像蝙蝠一样扑动翅膀,飞上了天空,转瞬之间就变成了一个天上的小黑点。

我尽力注视着它,可是不知在哪一瞬间,那个黑点忽然看不见了。我看看北面天上,北斗七星已经能看见了,也就跳下海去。

那一夜正好刮北风,浪直把我朝岸上送。不过尽管如此,到了岸上,天已经黑得可怕。一爬出水来,风一吹,浑身皮肉乱颤。我已经摸不清在哪儿上的岸,衣服也找不到了。幸亏公社的会议室灯火通明,爬上一个小山就看见了,我就摸着黑朝它走去。

我到现在也不知那一夜我走的是些什么路,只觉得脚下时而是土埂,时而是水沟,七上八下的,栽了无数的跟头。黑暗里真是什么也看不见。不一会儿,我就觉得身上发烧,头也昏沉沉的。我栽倒了又爬起来,然后又栽倒,真恨不得在地上爬!看起来,好像路不远,可是天知道我走了多久!

后来总算到了。我摸回宿舍,连脚也没洗,赶快上床,拉条被子捂上:因为我自己觉得已经不妙了,身上软得要命。我当时还以为是感冒,可是过一会儿,身上燥热不堪,头脑晕沉,思想再也集中不起来,后来意识就模糊了。

半夜时分,我记得电灯亮了一次,有人摸我的额头。然后又有两个人在我床头说话。我模模糊糊听见他们的话:

"大叶肺炎……热度挺高……不要紧他体质很好……"

然后有人给我打了一针。我当时虽然头脑昏乱，但是还是想："坏了，明天不知能不能好。还能去吗？可是一定要去！"然后就昏昏睡去。

等我醒来，只觉得头痛得厉害，可是意识清醒多了。屋里一个人也没有，但是天已经大亮。我看看闹钟，吓了一跳：已经两点半了。我拼命挣扎起来，穿上拖鞋，刚一起立，脑袋就"嗡嗡"作响，勉强走到门口，一握门把，全身就坠在地上。我在地上躺了一会儿，等到地上的凉气把身上冰得好过一点，又拼命站起来。我尽力不打晃，在心里坚定地喊着：一！二！一！振作起精神，开步走到院里，眼睛死盯着院门，走过去。

忽然有人一把捉住我的手。我一回头，脑袋一转，头又晕了。我看见一张大脸，模模糊糊只觉得上面一张大嘴。后来看清是同住的小马。他朝我拼命地喊着什么，可是我一点也听不见。猛然我勃然大怒，觉得他很无礼，就拼命挥起一拳把他打倒。然后转身刚走了一步，腿一软也倒下了，随即失去了知觉。

以后我就什么也看不见了：眼前一片黄雾，只偶尔能听见一点。我在朦胧中听见有人说："反应性精神病……高烧所致。"我就大喊："放屁！你爷爷什么病也没有！快点把我送到海边，有人在那里等我！（然后又胡喊了一阵）妖妖！快把药拿来呀！拿来救我的命呀！……"

后来我在公社医院里醒来了，连手带脚都被人捆在床上。我明白,这回不能使蛮的了。如果再说要到海边去,就得被人加上几根绳索。我嬉皮笑脸地对护士说:"大姐,你把我放了吧。我都好了,捆我干什么?"护士报告医生,医生说等烧退了才能放。我再三哀求也不管用。

过了半天,医生终于许可放开我了。一等护士离开,我就从窗户里跳了出去,赤着脚奔到海边。可是等我游到礁石上,看见了什么呢?空无一物!在我遇到妖妖的那块石头上,有一片刀刻的字迹:

陈辉,祝你在岸上过得好,永别了。但是你不该骗我的。

杨素瑶

老陈猛一下停了下来,双手抱住头。停一会儿抬起头的时候,我看见他眼里噙满了泪。他大概看见我满脸奸笑,霍地一下坐直了:

"老王,我真是对牛弹琴了!"

我说:"怎么,你以为我会信以为真么?"

"你可以不信。""我为什么要信?""但是我怎么会瞎了眼,把你当成个知音!再见老王,你是个混蛋!"

"再见,老陈,绿毛水怪的朋友先生,候补绿毛水怪先生!"

忽然老陈眼里冒出火来,他猛地朝我扑来。所以到分手的时候,我带着两个青眼窝回家。

可是你们见过这样的人吗？编了一个弥天大谎，却硬要别人相信？甚至动手打人！可是我挨了打，我打不过他，被他骑着揍了一顿……世上还有天理吗？

战福

来吧，孩子，让我们一起升到高空，来看看脚下的大地吧。

在金色的阳光照耀下，翠绿的山峦显出琉璃瓦的光泽，蓝色的大河在它们中间像一条条巨蟒般缓缓地爬动。偶尔，群山中的湖泊猛然发出镜子般的闪光。

在陆地的尽头，大海蔚蓝色的波涛中间，有一条狭长的陆地，好像大陆朝海洋的胸膛伸出去的一条手臂。这一块金黄色的土地呀，多少黄昏，多少夜晚，我就在那里独步徘徊，想念着你们。

你看到了吗？那墨绿色的一丛，那里是一片高大的杨树和槐树。它们的叶片正在阳光下懒洋洋地耳语。在它的遮蔽下，有一个很大的村庄，我给你们讲的故事就从这里开始。

在绿荫遮蔽下的石沟，有一条大路伸过村子，一头从村南的山岗上直泻下来，另一端从村北一座大石桥上爬过去，直指向远方。

如果是逢集的日子，这条路上就挤得水泄不通。手推小车的人们嘴里怪叫着，让人们让开，有人手挎着篮子，走走停停地看着路旁的小摊，结果就被小车撞在屁股上。人来人往，都从道中的小车两旁挤过，就像海中的大浪躲避礁石，结果踏碎了放在地上的烟叶或者鸡蛋，摆摊的人就绝望地伸手去抓犯罪的脚，然后爆出一阵歇斯底里的尖叫。集市上有一种难以形容的喧哗，你绝不可能从中听出什么来。这地方聋子也不会什么也听不见，不聋的人也会变成聋子，什么也听不见。

人们都拥挤在供销社和饭馆的门前，刚卖了几个钱就急着把它花出去。凡是赶集的人，都要走过这两个大门，都在柜台前拥挤过，可是都在这两个门之一的前面，看见过一个伤风败俗的家伙。不管什么时候，人们总是看见，他穿着一件对襟红绒衣，脏得就像在柏油里泡过一样。扣子全掉光了，他就用一块破布拦腰系住。再加上一只袖子全烂光了，露着乌黑的膀子，使他活像一个西藏农奴。由于又脏又乱的头发长过了耳朵，所以对于他的性别，谁也得不出明确的概念。一条露着膝盖的破裤子大概原来就是黑的，否则也要变黑。这条裤子所以还成为裤子，就因为它只是裤裆后面开了花。如果前面也破得那么厉害，就要丧失一条裤子的主要作用了。他全身的皮肤上大概积有半厘米厚的污泥，手背和脚背上更厚一些。在摩尔人一样黑的脸上，浓重的眉毛下，一双呆滞的眼睛，看着人们上空大概十米的地方。

这就是石沟村的战福，大概姓初。每隔五天，他准要站在那个地方，成为石沟逢集的一个重要标志，就像那一天集上会有很多的人，很多待买的东西一样，使人不能忘怀。所以有一天，在那个地方，站的不是战福，而变成了一条毛片斑驳的黑狗时，人们就感到吃惊，想要明白发生了一些什么事情。

在弄明白这件事情之前，我先要说明，战福是男的。

当初，他爹在世的时候，他也曾经像个人样。也就是说，衣服常常比较干净，脚上比现在多了双鞋。夏天，他穿的是一件白布小褂，那条黑裤子比现在像样得多，头发经常理，隔三五天还洗洗脸。除此之外，其他的差别就不太多了。

他爹六一年死了，给他留下了两间摇摇晃晃的破草房、快空的粮囤和一个分遗产的哥哥。他妈死得很早。可是他不能埋怨他爹留下的东西太少，他有什么理由去埋怨一个因为要把饭留给儿子们吃，结果得了水肿病，躺在冷炕上的父亲呢？而且，就是在弥留之际，父亲还把头从战福手上的粥碗前扭开，说是不管用了，留着你们吃吧。对于这样一个父亲，战福除了后悔平日争吃的和哥打架之外，还能有什么呢？

第二年光景好了，可是父亲已不可能再活。哥哥的岁数已经不小，必须盖几间新房子了。战福已经十六岁，在生产队也算一个六分劳动力。每天晚上下工之后，乘着天黑前一点微光，人们总能看见这哥俩在从山上往下推石头，给未来的房子打基础。盖一幢新房子要好多石头呢。如果需要到外村去推石头和砖瓦，永远是战福一人去。因为他在生产队里挣六分，其实干起活来，不比哥哥差多少。

就因为这哥俩拼命地干活，所以家里乱成了一锅粥。战福的衣着那时就和现在有点像了。他们有时早上不吃饭，有时中午不吃饭，有时一天只吃一顿饭。即使吃饭，也不刷锅。炕席破了，碎了，成了片片了。被子破了，黑了，成了球了。衣服破了，从来不补。哥哥为了漂亮，总是穿新的，战福以白得为满足。他倒很识大体，知道哥哥要讨媳妇了，不能穿得太糟糕。

他们的房子盖成了，就在旧房子的旁边，两幢房子合留一个院子。新房子石头砌到腰线，新式的门窗，青瓦的顶，在当时的胶东农村，真是不可多得的建筑。

战福和他哥哥一起搬了进去。没用多久，这间房子就和过去的草房一样，弄得猪都不愿意进去。直到新嫂子过了门，家里乌七八糟的情况才好转。原来战福的哥哥二来子的老婆最爱整洁。可是战福仍然旧习不改。二来子的老婆就让二来子和战福分家，叫战福搬到小屋去住。终于，因为生活有人照顾而美得要命的战福，发现了嫂子经常给他脸色看，而且把他脱下的脏衣服毫不客气地团起来扔到炕洞里。战福鲁钝得毫无觉悟，结果有一天嫂子毫不客气讲出来，让他搬出去！理由是她不能侍候两个人，再说战福已经大了，不能总住在哥嫂家里。

战福看着凶神恶煞般的嫂子和不敢置一辞的哥哥，惊得瞠目结舌，气得口眼歪斜。结果还是乖乖地搬了出去。

据人们议论，二来子把战福撵出去，是为了免得将来战福要盖房子有很多麻烦和花销。据此我看，二来子不一定想把战福撵走，他们弟兄感情倒不坏。问题还在他老婆身上。不过二来子也不是什么好家伙，看着老婆把兄弟赶走不说话，分明也是怕给战福盖房。我觉得二来子毕竟还是有情可原：谁要是像他那样在人家下工后没夜拉黑地推过石头，拉过石灰，就会同情拉车的牲口的苦处了。吃过那种苦头的人杀了他也不愿意再吃。

从此，战福开始三天两头不出工，那身打扮也越来越不成样。言语和行为也开始荒悖起来，绝少和人们来往。秋天不知道往家弄烧的，春天不知道往自留地里种菜，其实一个十七岁的孩子也不懂这些。他开始偷东西，于是又常挨打，结果越来越不像个人。

就这么过了十年，他就成了现在这么个样子：三分人，七分鬼。最近三年他共出了二十天工，好在队里因为他是孤儿救济点，哥哥还有点良心，有时送点饭给他。不然，他早就饿死了。平时，他到处游手好闲。每逢赶集，他就像个傻子一样站在那里。可是最糟糕的是他又不疯不傻，想想他过的日子，真叫别人也心里难受。

有一天，西北来的狂风在大道上掀起滚滚的黄沙。风和路边的杨树在空中争夺树叶，金黄色的叶片像大雪一样飘落下来。一阵劲风吹过，一团落叶就像旋风前的纸钱灰一样跳起来狂舞，仿佛要把人撞倒。大路上空无一人，就连狗们也被飞沙赶回家去了。

可是战福不愿意回家。那两间破败的小屋，那个破败的巢穴，就是战福也不愿意在里面待着。他在供销社里走来走去，煞有介事地看着柜台里的商品，一只手在衬衣里捉拿那些成群乱爬的虱子。石沟的供销社相当不小，从东头到西头足有三十多米，平时站在柜台后面的售货员也有十五六个。上午九点钟上班，十一点他们就把当天的账结清了，钱点好了，下午谁来买东西，他就有本事不卖给你。你叫他拿什么来看看，叫三遍，他把头转过去，再叫几遍，他又把头转过来，厚颜无耻地对你瞪大眼睛，好像他是一头驴似的。其中有一个女的叫小苏，如果杀人不偿命，准有人来活剥她的皮。看起来很朴实可爱的样子，让人有些好感，其实，是个最无耻的骚娘们。

这一天，供销社总共也没有几人来光顾。天渐渐地黑了，柜台后面那些没人味的东西干干地坐了一天，无聊得要发疯。有人伸懒腰，有人双手扶着柜台，扭着腰，样子恶心得吓死人。小苏打呵欠，眼泪都流出来了，好像鼻孔里进了烟末子。她看看手表，又看看窗外，居然很盼着有人来买东西。因为他们这些人之间再也谈不出什么有意思的东西，如果有人来买东西，就是不是熟人，说不上话，也可以散散心。

可是时间一分分地过去，没有什么人来。只有战福在屋子里走来走去，好像一个鬼一样瞪着大眼到处看。

小苏眼睛猛地一亮，看出战福可以拿来散心解闷，她叫："战福，过来！"

战福猛地站住了，身上莫名其妙地打了个寒噤。谁叫他？是小苏吗？怎么会是小苏？战福扭过头来，却看见小苏在对他招手，而且满脸堆着笑。

战福小心翼翼地朝她走去，好像一条野狗走向手里拿着肉片的人。他不知小苏要和他说什么。也许他不知不觉中冒犯她了？总之，这类人对他总不会有什么好意的。但她脸上明明堆着笑。

等他走到柜台前面，小苏就柔声说道："战福，你为什么这么脏啊？"

战福脸变紫了。并不是因为脸红得怎么厉害，也就是一般的红法。不过他脸上固有的污黑和红色一经混合，就是紫的。对了，他为什么这么脏呀？

"真的，战福，你要是把脸洗干净，头发理一理，还是很飒利的呢！"

供销社里响起了一片笑声。战福的脑子里也在嗡嗡地响。卖书本文具的小马也走过来凑趣："战福，回去把脸洗干净，头发理一理，打扮得漂漂亮亮地来。"

小苏猛地像恶狗一样瞪起眼睛："小马，你想放个什么屁？"

"嗯？怎么是放屁？你心里想说的不好说，我替你说就是放屁？战福，你福气不小啊！我们这位苏小姐看上你啦！"

"哈哈哈！！！"供销社里所有的人笑得前仰后合。小苏老着脸皮说："笑什么，人家也是个人！"

"哈哈哈！！！"所有的人又一次狂笑。小马摸着肚皮，揉着眼泪说："对,对,是个人！战福,回家收拾收拾,苏小姐岁数不小了,也该出门子了！"

那些家伙笑得几乎断气。小苏的脸也涨红了，但是还是恬不知耻地说："怎么啦？你比人家强吗？""呃呀，口气挺硬，你真要跟他？""真跟他怎么样？""我买一对暖瓶送你……们！""哈！哈！""我要笑死啦！"他们说，"让我歇口气吧！"

小马喘着气说："哎呀，小苏，你真是'刮不知恬'！"供销社里又一次响起了笑声，可是笑的人少多了。这里有点文化的人毕竟太少。

战福在笑声中逃离了供销社。那些突然的哄笑声像鞭子一样有力地抽打他。街道上的风用飞扬的沙土迎接他，飞舞的落叶又一直把他伴送到家里。他推开虚掩的院门，一头钻进他那个破烂不堪的小屋里，躺在炕上，心里难过得要发狂。他想到在供销社里的无端羞辱，又想到自己这些狗一样的日子，就感到心像刀绞一样痛。这倒是不多见的。平时，战福的脑子总是麻木的，不欢喜，也不沮丧。没有热情，也没有追念往事火一样的懊悔。他不向命运抱怨什么，当然也不会为什么暗自庆幸。不分析也不判断。没有幻想，也没有对往事甜蜜的沉湎。他的脑子是一片真空。

战福脑海里的翻腾平息下来了,只有往事在头脑里无声地重演。嫂子狰狞的面孔,然后是他的破狗窝。懒洋洋、无所作为的感觉。粮食缸空了。可是也不想吃。到人家菜园里偷菜。冬天夜里到人家柴火垛上偷柴。挨打……

街门咣当一声响,是上工回来的二来子。战福抬起头来,屋里黑了。肚子有点钝钝的痛,是一天没吃饭了。缸里队上才送了三十斤玉米来,可是要吃还得去磨。唉,再忍一顿吧!战福把破棉花球拉过来,抱在怀里,便昏然入梦了。

清晨的凉气透过撕破的窗户纸,把战福从梦乡唤起。他从炕上坐起来,环顾着四周,第一次发现,这间屋子实在不像是人住的场所,而像是狗窝猪圈一类的东西。看吧,锅台上长起了青草,窗户上的灰尘也已经足有半寸。由于窗格上和窗户纸上灰土太厚,屋里也是灰蒙蒙的,更增加了灰暗破败的气象。当然了,如果是平时,战福一定是熟视无睹。可是在今天,不知是什么鬼附了体,战福"觉今是而昨非",居然觉得以往的日子实在过得太恶心了。是什么力量促使他自新了呢?我说不上来,当时战福也说不上来。

战福起身下炕,首先扫去了多年堆积在地下的灰土。然后扫了扫窗台,又把窗户纸通通撕下来。他铲去锅台上的青草,掏了掏锅底下的陈灰,然后又把缸里担满了清水。看一看屋里,仍然有破败的景象,于是把破棉被扔到了炕旮旯里。然后巡视一下屋里,觉得他的小草房真是一座意想不到的辉煌建筑。

这时，他的脑子里开始迷惑不解地想："我要干什么？难道是要像别人一样地生活吗？"其实最后的半句话根本就没在他脑子里出现，是我加上的。战福想到一半就恐惧地停住了。因为他是这样的一种人，丝毫也不想振作起来，把衣服洗一洗，把锅刷一刷。至于跟大家到地里去干活，更是想都不敢想，一想就要头皮发乍。就是最勤劳的农民，也不过是靠着日复一日不断的劳作，把好安逸的念头磨掉了呢；就是牛，早上被拉出圈时，也是老大的不愿意。就那么日复一日地干活，除了吃和睡什么也不想，然后再死掉？难怪战福不乐意呢！

不过，谁说什么也不想？这不是污蔑农民吗！就连战福也想过盖个房子，娶个老婆呢！只不过现在没了过分的希望罢了。战福现在在炕上坐着，可真是什么也没想。猛然，他的脑子里一亮，似乎觉得置身于青堂瓦舍之中。好美的房子呀！雪白的顶棚，水泥的地。院子里，密密地长满了高大的杨树，枝叶茂盛，就是烈日当空的时候，院子里也只有清凉的叶片的绿光。

啊，美哉！战福理想的房屋！地面没有肮脏的泥土，只有雕琢后的条石砌成的地面，被夏日的暴雨冲刷得清清爽爽。

清凉的泉水环绕着他的院落奔流。院子周围是高大的砖墙。这伟大的房子上空会有喧闹的噪音吗？绝没有！那会打扰了战福先生神圣的睡眠。

吃什么？偷来的嫩南瓜？老玉米粒煮韭菜？胡说！他想吃罐

头。长这么大还没尝过罐头味呢。罐头供销社的货架上就有。可是怎么能拿来？有人坐在前面看着那些罐头呢。吃不着了吗？看着罐头的是谁？坐在那里的人是小苏哇。小苏满面微笑，向他招手……

战福浑身发热，推开门就奔了出去，满脑子都是辉煌的房屋、罐头的美味、微笑的小苏，冷不防一头撞在一个人身上。立刻，身边响起了一个无比可怕的声音："瞎了？奔你娘的丧！"

战福战战兢兢地抬头一看，他嫂子正双手叉腰，凶煞一般地瞪着大眼看他。战福今天发现，嫂子居然那么可憎，发黄的头发邋里邋遢地趴在头上，粗糙的面孔，黑里透灰。木桩一般的身段，半男不女。总的印象是：下贱，不值一文。

战福平时就恨他嫂子，不过还有几分敬畏。可是他居然敢从牙缝里说出两个字"丑相"，就连他自己也很觉得惊奇。但是，他从这两个字里又发觉自己很英勇、伟大。于是，又盯着他嫂子多看了一眼。

二来子嫂气得发了愣，马上又气势磅礴地反击回来："王八蛋！你不要脸！你不看看你自己！全中国也没有你这样的第二个！死不了也活不成，丢中国人的脸！"

战福被折服了，屁滚尿流地逃到街上去。二来子嫂念过小学呢。如今又常常去学习，胸中很有一点全局观念，骂起人来，学校的老师都害怕，何况战福。

二来子嫂的大骂居然命中了战福的要害,使他像一条狗挨了打一样气馁、自卑。他垂头丧气地走着,不觉走到了供销社里。

供销社大概只有八九个顾客,售货员倒有十七八个。小马第一个看见了战福,发出一声欢呼来迎接他的到来:"啊呀!小苏的姑爷来了!""哈哈哈!"人们发出一片狂笑。

顾客们大为惊奇:"怎么了,出了什么事?"这些像猪狗一样的售货员们笑着把这件事情添油加醋地宣传出去,为了开心,为了显示自己多么有幽默感。其中小马的声音最响亮:"昨天,昨天下午(他笑得喘不过气来),战福到供销社来,我们的苏小姐一看,那个含情脉脉呀,我可学不来……"

小苏慌了,昨天只不过是为了骚滴滴地开个玩笑,谁知道今天闹成这个样子,而且要在全公社传扬开了,这可不好!她像狮子狗一样地跳了起来反击:"小马,你'刮不知恬',你'刮不知恬'!"

可是她的挖苦真是屁用没有。在场的都是喜欢猎取无聊新闻的人中猪狗,所以全都支棱起耳朵听小马的述说:"我要送一对暖壶给他们,小苏替战福嫌少!""哈哈!""哈哈!""小马,你大概是撒谎吧?"全体售货员一起作证说:"是真的!"

"哈哈哈!"公社副书记乐不可支地拍打自己的大肚子。"嘻嘻嘻。"文教助理员从牙缝里奸笑着。"哈哈,哈哈,哈哈。"学校的孙老师抬头看着天花板,嘴里发出单调的傻笑,好像一头笨驴。其他人也在怪笑,都要在这稍纵即逝的一瞬间里,得到前所未有的欢乐。这个笑话对他们多宝贵呀！他们对遇到的一切人讲，然后又可以在笑声里大大地快乐。"哈哈，哈哈哈！嘻嘻嘻！"

小苏已经瘫倒在柜台上了。人们看看她，又看看战福黑紫色的鬼脸，又是一场狂笑。小苏招招手，把战福叫过来，对他说，声音是意想不到的温柔："战福，你这两天别到供销社来，啊？"

别人也许会奇怪，小苏为什么对战福这么和气。原来是战福个儿很矮，脸又太黑，看不出是多少岁。所以，小苏就从他的个儿上来判断他只有十三四岁。因为她到石沟才一年，所以也没人告诉过她战福二十八了。她要哄着战福，要他别来。要是她知道战福岁数那么大，就决不会干这种傻事。

好，战福离开供销社回家去了，浑身发热，十年来第一次下定了决心，要好好干，把自己弄得像个人样，还要盖三间，不，四间大瓦房。为了他的幸福，为了吃不完的罐头（说来可笑，他以为卖罐头的人可以把罐头随便拿回家去）。

晚上，人们收工回家的时候，看见有人在山上的石头坑里起石头（石沟的石头很好打，用铁棍一撬就可以弄到大块的上好石料），装在一辆破破烂烂的小车上。当人们走近的时候，十分吃惊地看见，那是战福！

战福满头是汗，勉勉强强把三五百斤石头推到家的时候，天已经黑了。他做了一锅难吃无比的玉米面饼子，把肚子塞饱，就躺在他那破炕上，想着白天在供销社的情景，心头火热。他以为，白天小苏对他很有意思，但是当着那么多的人，不好意思。可是他就没想想，人家是个什么样的人，以及为什么会看上他，等等。

他躺在那里，"愈思而愈有味焉"。于是猛然从炕上跳起，找队里要盖房子的地皮去了。

第二天早上，全村都传遍了战福找大队书记要盖房子的地基的新闻。这又是一个笑话。书记问战福，你怎么想起要盖房子了？他答之曰：要成家立业！何其可笑乃尔！

这个新闻和小苏在供销社闹笑话的新闻一汇合，马上又产生了一种谣传。以致有人找到在山上打石头的战福问他是不是看上了供销社的小苏，问得战福心花怒放。他觉得村子都传开了，当然是好事将成，竟然直认不讳。

好家伙，不等天黑战福下山，这个笑话轰动了全村的街头巷尾！供销社里的人们逼着小苏买糖，二来子不巧这时去供销社打酱油，立刻被一片"小苏，你大伯子来啦"的喊声臊了出来。等到天黑，战福回来的时候，刚到门口，就被二来子拦住了。

他们两人一起到战福的小屋里坐下。二来子问："兄弟，你是要盖房子吗？""是呀。""盖房好哇。你这房子是该另盖了。当哥哥的能帮你点么？""不用了哥呀。嫂子能同意吗？""咳，不帮钱物也能帮把力呀。""好哇哥，少不了去麻烦你。"

二来子站起身来要走，猛然又回过头来："战福，有个话不好问你。你是看上了供销社的小苏了吗?"

战福默然不语,不过显出一副洋洋得意的样子。"兄弟,不是当哥的给你泼凉水,你快死了这个心吧。人家是什么人,咱是什么人?给人家提鞋都嫌你手指头粗……"二来子絮叨了好一阵,看看兄弟没有悔悟的样子,叹着气走了。

第三天早上,战福推起小车要上山,刚出门就碰上了隔壁的大李子。大李子嬉皮笑脸地对战福说:"战福,你的福气到了!供销社的小苏叫你去呢!她在宿舍等你。"战福扔下小车愣住了。大李子又说:"哎,还不快去?北边第二排靠西第二个门!"

战福撒腿就跑,一气直跑到小苏门前,站在那里呆住了。他既不敢推开房门(小苏在他心目里虽不是高不可攀,也还有某种神圣的味道),也不敢走开一步。倒是凑巧,站了不到半个钟点门就开了。小苏好像要出门,一看见战福,就喝了一声:"进来!"

战福像一只狗一样进了门,门就"砰"一声关上了,好像还插死了。他的心脏停止了跳动,脑子发木,扭头一看……

小苏龇牙咧嘴,脸色铁青,面上的肌肉狰狞地扭成可怕的一团,毛发倒竖,眉毛倒立着,好像一个鬼一样立在那里。

战福的心头不再幸福地发痒了。可是脑子还是木着。

小苏发出可怕的声音:"战福,我问你,你在外面胡说了一些什么?你胡呲乱冒!啊!你不要脸!你说什么!你妈个×的,你盖你的房,把我扯进去干吗?你说呀!"

苏小姐看战福呆着,拿着一根针,一下子在他脸上扎进多半截。

"战福,你哑巴了!喂!我告诉你(一针扎在胸膛上),不准你再去乱说,听见没有……"

小苏开始训诫战福,一边说一边用针在他身上乱刺。战福既不答辩,也不回避,连一点反应也没有,完全像一块木头。在我看来,苏小姐这时的行为比较冒险。

好了,过了两个钟点,苏小姐的训导结束了,战福脸上也有十来处冒出了血珠,身上更不用说,可是战福还是木着,也没有任何迹象证明他对苏小姐的训诫听进了一句。可是苏小姐已经疲倦,手也酸得厉害,于是开开门,把他推了出去。

后来,有人看见他默默地走过街头,又有人看见他在村外的河边上走,一边撕着衣服,一边狗一样嘶叫着。再以后,就没有任何人看见他了。只有河边找到过他的破衣服,还有就是石沟村多了一条没主的黑狗,全身斑秃,瘦得皮包骨头。每逢赶集,就站在战福站过的地方。没有人看见它吃过东西,也没有人看见它天黑后在哪里。它从来也不走进供销社的大门。过了几个月,人们发现它死在二来子的院子里。

据说二来子因此哭了一场,打了一次老婆,以后关于这条狗,关于这个人,似乎再没有什么可讲的了。

这是真的

七月的傍晚,柳枝从树梢静静地垂下来,风不动,叶不摇,连蝉儿也静下来,学校静得很,黑暗堆积在角落里,这是多么美妙的时刻。人们应该扔下日间所忙碌的一切,到柳树下坐一会儿,迎接宁静的夜晚,享受一下轻轻到来的清凉的夜晚气息。

可是宿舍里灯光如昼!空气更像煮白肉的汤锅!桌子上摆满了大盘小碗,令人作呕的地瓜烧酒在蒸腾!一个个额头上沁满了汗珠,好像蒸肥鸭蒸出的油。人们在殷勤劝酒,敬我们尊敬的文教助理员同志。不知谁的收音机在桌子上聒噪。

赵助理喝得大醉,油腻的味道随着酒嗝往上冒。一群可怜的民办教师们在隔壁就着少油缺盐的白菜下饭。

小孙夹一筷子凉拌白菜,肆无忌惮地骂起来:"狗操的赵大肚子!又来揩我们的油了!妈的!剩菜也不给我们端来一些!"

小孙是个好小伙子,眉清目秀,白净面皮,就是个儿矮了点。

他是教体育的。旁边坐的是小学部老刘，长得满脸乌黑，一张大猪脸。他嘘了一口气说："小声点，隔壁听见。你要吃剩菜，待会儿就有了。好家伙，五斤猪肉，狗都吃不完！"

小孙啐了一口："见鬼！你当我真要吃他的剩饭？猪都不吃的东西！可是老贾，这账得往谁头上算？"老贾是个公办教师，可是没面子，也挤到这屋来了："往谁账上算？咱们在伙食团吃饭的人兜着！你敢管人家要钱？""哈！你当我不敢？""你去！""去就去！"可是屁股一抬又坐下了。"哼，我才不那么傻！""对了，你聪明！你要是不想回家种地，就给我老实点！还有你的嘴也得老实点，别胡嘞嘞！"

小孙抬起身子："这屋不会有人上那边泄密吧？"老贾一把按他坐下说："你别胡呲！咱们讨好人家是讨好人家，揭自己哥们的短干吗！"

正在这会儿，隔壁"噢"的一声。老赵吐了一大片，哼哼唧唧地坐不稳了。校长、书记上前挽住，架到炕上，他还在乱翻乱打："啊呀！哼哼！老罗，你别按着我心口！拿个枕头给我垫在腰下！（罗校长操过一个枕头给他垫在腰下）噢……（他把炕吐得像厕所一样脏）这个炕不好，这个炕脏了。这个枕头太硬！我得去拿个枕头来！"

老赵跳起来，前后左右地乱突，一头撞开门扑了出去，连抓带爬地到了女教师宿舍门前："小于啊，开门！"不等人来，一脚把门踢开扑了进去。

小于正和小宋在灯底下织毛衣呢,可是老赵很奇怪,她们也醉了吗?东倒西歪地干什么?"你干什么呢?"

"啊啊,助理员,我们学《毛选》呢!"

"放屁!你们两个不要在那儿乱扭啦!给我铺床,我要睡!"

小于一看老赵要倒,赶快上来扶到床上。老赵自觉好像上了摇篮,怪叫起来:"你们的床要塌!你快上来扶着我!小于啊,你也来躺着!"

小于吓毛了:"啊呀,老赵同志怎么啦?""怎么也没怎么!你不用假正经!你转正还是我抬举的呢!妈的,台各庄张玉秀,大庄李长娟,就短你一个了!不准你耍滑!老子要……"(下面很难听)小于臊得要命,拉着小宋跑了。老赵在床上乱抓一气,鬼叫了半天,三里路外都听得见。小孙和老贾听得笑炸了肚子。小于哭了,和小宋到村子里找住处了。罗校长和马书记任劳任怨地打扫床铺,一夜无话。

第二天,老赵从床上爬起来,头痛得要命,脚下好像踏着两只船。小于干净的床铺滚成一个蛋。哎呀,头顶好痛!脑子好像从骨头缝里漏出去了!

老赵用手一摸,头顶上"扑棱"一声:头上有什么东西又长又扎手,毛扎扎的。同时,怪哉!头皮好像突出了一尺,形成了一对葱叶似的东西。撅撅还痛，好像里面长了两片软骨。

老赵一个箭步窜到桌前，用镜子一照：天！头顶上长了两个灰蒙蒙、毛茸茸的大长耳朵！直不棱登地支棱着！

老赵像挨了雷击般地坐下，心里乱得像团火苗："这是怎么啦！这是什么病？也许是'灰色长毛皮肤软骨瘤'？也许是癌！眼看又长了一点，发展很快！必须早治！"

老赵赶快扑到门口，外边人声喧哗，学生到校了，这个样子怎么见得人！回头一看，墙上挂着小宋的一顶冬天用的黄色毛线小帽。赶紧抓过来套在头上，忍着剧痛使劲朝下拉一拉，勉强在颌下系上带。再照照镜子：我的天！一张黝黑的长着胡子楂的大脸，头上戴了一顶鹅黄色的少女小帽！顶上又被撑出两个尖角！这样子就是那有名的不怕鬼的鲁迅老夫子看见，也得大叫"打妖精"！

老赵实在没有勇气开门，就从后窗户爬出去，跳到一条小巷里。刚刚走上大街，几个迎面走来的挑水的人，看见他都愣住了，直瞪着眼，好像吞了一口烫粥吐不出来。老赵低着头，一阵旋风般地走过，远远地听见后面的人们在说："那不是老赵吗？"

"嘘！他叫鬼迷住了。"老赵赶快加紧步伐，快走转成小跑。后面几个孩子赶上来，大嚷大叫："看哪！看怪物呀！老胖子戴人家闺女的帽子啦！"

老赵心里恨得铮铮响："小兔崽子！等你们长大上学我再收拾你们！我让你们全升不了高中，种一辈子庄稼地。"

终于，他跑进了医院大门，但又是怎样跑进去的啊！弯着腿，蹲着半截身子，好像一个胖老婆跑步一样！但是不能怪他，他觉得不知为何，腚巴骨伸出半截，擦着裤子痛。

他气喘吁吁地撞进一间诊室，杨大夫在里面。老熟人了，不用挂号。杨大夫打发掉一个女病人，猛一抬头看见老赵，一下子仰倒在椅子上就起不来了。

老赵走上前去说："杨大夫，别把嘴张那么大。我知道这个样儿不好看，可是我头顶长了个东西，恐怕不是好玩意，你看看，是不是癌？"

老赵一扯下帽子，杨大夫赶快走到老赵身边，又是看，又是摸，嘴里还喷喷做声："哎呀，这个病我可真没见过。真的，这东西我没见过！"

猛然窗外有人叫起来："哎呀，我倒见过！"说着就从窗口翻进来。原来是兽医站的唐会计。

老赵爹爹妈妈地叫起来："老唐，你在哪儿见过？这叫什么病？谁会看？"

老唐半天没说话，只顾拨弄着看，猛然冒出一句："没错！""什么没错？"杨大夫问。"啊啊，在兽医站见过。照样子说，这一定是对驴耳朵！"老杨吃了一惊："啊！那你们兽医站给他看看吧？"

老赵一声鬼叫："我的天！驴耳朵！兽医站！唐会计，这是什么时候了，还打哈哈！老杨，你行行好，开刀给割了吧！"

"割？割倒好割。就是不明白你怎么会长这玩意。你最好到专区医院看看，弄明白了什么病，我就给你割。"老赵一下子跳起来："好！现在我就走！班车还能赶上。""你不去党委请假吗？""不用！我这个差事半年不照面都不误事。老杨，我就求你别给我张扬。老唐，你千万别告诉别人。""那当然。"

赵助理员赶紧冲出医院朝家跑，打算回家给老婆留个条。可是他怎么也跑不快：裤裆里有什么在搅来搅去。所以他到家关上门，第一件事情就是脱下裤子看看。好家伙，屁股底下长了条毛毛虫似的东西。猛然间，老赵觉得天旋地转，上衣好像一条铁箍，勒得上身痛得要命，呼吸困难……上衣"嘣"的一声爆裂了。他身体的重心一下朝前冲去，拼了老命也没站住，终于倒下去。手掌在地上一撑，"吧嗒"一声响，手臂不是手臂了，手掌也变成了蹄子。

他变成了一条驴！一条灰色公毛驴，四肢壮健，牙口很好，在屋里胡蹬乱踹。从腰上滑下的裤子在后蹄上绊着，前蹄子上挂着上衣的碎片，可是它乱跳几下后就甩在了地上。

老赵心里很明白，意识还像原来一样清楚，思维还像原来一样有逻辑性，只是被这突然的变故吓昏了头。他惊叫一声，于是屋里充满了震耳欲聋的驴鸣。

堂屋里门响，老婆回来了。她一撩门帘就愣住了，嘴张得比茶壶还大。

老赵心中充满了懊恼、惭愧的感情。他向她走去，想对她诉说心中的悲哀。可是他大大地吃惊了，他的细语变成了刺耳的、响亮的驴叫。赵夫人被这声音震醒，顺手抄起一件东西就打，一下打在老赵鼻梁上，痛得要命，眼眶里全是泪。那是一个铁熨斗。

老赵心里充满了一种愚顽的感情，他发怒了，他要朝他的老婆咆哮，他要讲出一些无理的话。他平时是这么做的，他今日也要这么做。多么可怕呀，他要发脾气了！每一个可怜的民办教师都知道老赵发脾气是一件多么伟大的事情。

可是三句话没说完，老婆的耳朵已经震聋。这头驴的叫声好像扩音机放大一样。她朝这个不速之客的鼻梁又是一下，嘴里骂："王八蛋操的，怎么跑到家里来了？"

老赵大怒。想给她一拳，前腿抬不起来。想踢她一脚，后腿也够不上。于是他打个转身狠命一踹，一蹶子把他老婆踢倒在地上，然后猛地冲出家门。

他习惯地朝公社联中走去，路上只觉得这么四脚着地地爬很不舒服，可是怎么也站不起来。走了一段，他看见路边有棵大柳树，想靠着柳树歇口气。他扒着柳树站了起来，正要定定脑子，想想今天上午这些事情到底是怎么搞的，猛然身后一片喧闹，几个孩子在喊："看哪，驴爬树了！"说着，有人在他屁股上狠狠地踢了一脚，正踢在尾巴上，真痛啊。

老赵回头一看，是一群学生。他想痛斥他们一顿，就大叫起来。

几个学生亵渎神圣地说："哎呀，它还会唱戏呢！""来段《沙家浜》!""不错,赶上广播里唱的啦!"

一边走过初二的一个胖子,去年老赵在全公社运动会上看见过他。他朝老赵屁股狠命一脚:"去你妈的吧!"

老赵绝望地哀号一声,放下蹄子,朝村外跑去。

赵助理员在野外胡撞了好几天,到底是几天就不清楚了。因为他被人踢了一脚朝村外狂奔的时候,开始感到很奇怪:自己居然那么善于奔驰,跑得两肋生风,风儿在耳朵里呼啸,当时居然感到一种莫名其妙的自豪。后来突然领悟到自己现状的可悲,不由得急火攻心,胡冲乱撞,乱尥蹶子,弄得尘土飞扬,好像一阵旋风。然后就陷入狂乱状态,失去了时间的概念。

他清醒过来的时候,正是黄昏。赵助理员走向村子,看着自己的故居灯火通明,而天光尚未暗淡,心里绝望得厉害:真是飞来横祸!正是壮年有为的时候,领导器重,下属尊敬,猛然遭了一场横祸!公社的会议室灯火通明,啊,一年五十二个星期天,有五十一个他都要召集教师在那里开会。他曾经坐在那间屋里,发表他的长篇讲演,看着人们昏昏欲睡的愚蠢面容,更感到自己的伟大。他纵谈一切,不点名地揪揪某些人的小辫子,然后再看看他们震畏的面容:他们全在摇尾乞怜地看着他。那里是他在公社的宿舍,有多少夜晚,他在那里检阅他收到的贡品,心满意足地打上一个嗝!现在他的屋子熄着灯,在这间熄灯的屋子里,又曾有过多少隐秘的欢乐……

他感慨万千，可是他的感慨被人打断了：有人在离他不远的河边说话，声音很熟：

"……人家说老赵变成了一头驴！"说话的是水道六队的队长，去年为了让他儿子上高中，曾送给他五十斤花生米。

"是吗？我不信！不过如果是真的，那倒是大快……嘘……"

六队长和他的儿子站在离他十米的地方愣住了，好像看见了奇迹。

六队长朝前战战兢兢地走了一步，颤抖着说："你要是老赵变的，就走过来。"

老赵迈着庄严的步子走到他们面前，突然六队长一把抓住了他的耳朵，他儿子抡开铁锹就打！

"妈的，你这个混蛋！你害得老子去年一年全家吃不上油……"

老赵屁股上挨了两下，耳朵也痛得要命。他拼命地一挣，结果挣掉一层油皮。刚刚撒开四蹄逃跑，背后铁锹飞来，险些把屁股劈开。它在黑暗中狂奔了好久，最后筋疲力尽地栽倒在一个土坑里。

等到东方发白，他又忍着伤痛爬起来，到村边瞭望。

村里真静啊，公鸡都还没醒，可是人已经起来了。有人在挑水，有人到村边的小河旁割草。老赵站在高岗子上，拼命伸长脖子，朝河边的草地上看去。有两个人靠得很近，但是也离他足有一里，可是他能清楚地听见他们说话,毫无疑问,一定是耳朵长了的缘故。

"……你听见六队长说了吗?昨天他看见老赵在河边吃草……"

"放屁。"老赵想。

"哈哈……有意思!……你这半年割过几次肉?""哼,就发那几张肉票,还不够孩子吃的。……我要是会打枪,打几个兔子也好。"

"你想吃兔子肉,我连蚂蚱肉都想吃!我的肉票都买了送礼了!春天要盖房子,儿子要上高中,还给老赵送了二斤猪肉。这个王八蛋!光拿东西不办事。……喂,你看那边岗子上那头驴!"

"啊哈!是老赵变的吧?"

"你想不想吃驴肉?公社不让杀耕畜,可这是没主的驴!找几个人把他抓着杀了,人不知鬼不觉,谁也不会找!"

老赵听得冷汗直流,转身就跑。

水道公社文教助理员赵珊同志心里乱成了一团!他不光遭横祸变成了一条驴,而且连命也要难保。

中午时分,老赵打定了主意:最好的安身之地莫过于学校。第一,学校的老师是不敢乱杀驴的。第二,学校要是把他养起来,每日干的活不过就是上井边驮驮水,干点杂活罢了。所以现在他就来到学校门口,正好迎面碰上罗校长从里面出来。学校已经放学了,所以静得厉害。老罗呆呆地看着他,然后慢慢张开了嘴巴,头也朝后仰去。

老赵轻轻走到他跟前,伸出舌头去舔他的手。

老罗猛地定过神来,大叫:"小孙!把它牵到饲养室去!快来!小宋,去割点草!老贾,找大队要个驴槽!我去公社办手续!"

老赵以后就住在饲养室,开始了他驴子的生活。

他和一群兔子为邻,每天有一群学生照顾他:刷毛添草,青草的滋味倒也不很难吃,有一种水果和蔬菜都有的清香,有时还能吃到麸子和玉米粒,活得比一般的驴痛快多了!

活也不很累,一天两次拉一辆水车到井边拉水,偶尔有些零活,比一般的驴舒服多了!

他从来也不吃鞭子,学校也没有鞭子,因为他听得懂人话。只有小孙有时驾着他拉车出去时,爱在人多的地方大喊大叫:"老赵,快点!我的助理员同志,别往人身上撞哇!"给他心理上的打击重了点。

可是好景不长,秋天到了,伙食标准在降低。草老了,又黄又硬,不堪下咽。老赵发脾气,撞倒了驴槽。小孙就来开导他:"老赵,咱们也得凑合点,对不对?你还想吃大白菜吗?人还不够吃呢!你要明白,想要吃大鱼大肉不掏钱是再也不成了!这对你,已经是第一流伙食!"

冬天来了,饲养室里没有火。老赵冻得彻夜长鸣,可是谁也不肯来。只有小孙有时披着大衣来槽边坐坐,刻毒地挖苦他:"赵珊同志,你要明白你的处境!不要想搂着谁睡热炕头了!再弄得老子睡不着觉,给你一顿顶门杠!"

冬天的西北风真可怕!人们披着大衣还怕出门,老赵却要赤身裸体地出去拉水。小孙早上经常费了九牛二虎之力也不能把他拉出屋门,结果人驴不和,至于暴矣!小孙每次都是用搅料棍把他打出门!

老赵拉着水车走上结冰的路面时全身发抖,小孙却裹着大衣在车上骂:"快点!再这么慢,杀了你吃肉!"

在这个可怕的冬天,都是小孙来使唤他!老赵真想上吊,可是找不到绳子,自己也做不到。否则,小孙有一天早上推门进来时,就会发现一条肥大的灰驴吊在大梁上。

啊!美丽的春天!你终于来了!暖风吹到了老赵冻得发僵的驴皮上,比什么都舒服!先是柳树发了绿,后来就是地面上长出了美味的草芽。好心的老贾发现他出门时流连忘返的劲头,经常把他从后门放出去吃草。

有一个晴朗的上午,老赵在学校后面的河滩上吃草。可以望见学校边上的一条小路,那是去村里的必由之路。春天的阳光,暖暖地晒在身上,春风吹拂……忘却的事情在心里醒来……

小路上走来一个人,从身边走过去了。那是小于,她穿着一件鹅黄的灯芯绒上衣,在明媚的阳光下显得十分可爱。老赵望着她那婀娜多姿的背影,春天温暖的血液在身上奔流,有一种十分熟悉的感情越来越强烈,压倒了一切念头……

猛然老赵四蹄腾空朝前一踹,声势浩大地奔过木板桥,朝小于追去。小于回头一看,看见老赵飞奔的雄姿,还有公驴发情的可怕丑态,吓得叫了一声,撒腿就跑。

小于哭哭啼啼,东倒西歪地逃进校门,老赵随后一头冲了进来。小于逃进宿舍,刚关上门,老赵也一头撞碎门上的玻璃,把头伸了进来。这时校长和小孙从预备室里赶出来,正好听见小于的哭叫,老赵的长鸣,看见了女宿舍前腾跃着的驴身子。

十分钟之后,老赵被套上了缰绳,捆在树上。他怀着懊恼、惭愧的心情,静静地感到被玻璃划破的前额在流血,忽然看见兽医站的马兽医拿着骟马刀走了进来。

后来,老赵总是心情恍惚,脑子好像是死了一部分。他发现,原来他的脑子有下面四个部分,管吹拍的,管作威作福的,管图吃喝的,管图那个的。现在脑子空了四分之三,剩下的四分之一也不管事了。

有一天,他被生产队借去,很受了些揉搓。等到人们坐下休息时,他噙着眼泪站在那里。天哪,做个驴连坐下休息也不成!他越想越心酸,猛一头冲到人家配农药的缸里,喝了一大口"马拉硫磷",然后他——闭上眼睛,就算是死了吧(引自某人的诗篇)。

老赵猛然醒来了,好像从一个深渊里浮上来一样。他猛然醒来了,也就是说,意识突然在脑子里复苏了,可怕的鲜明,从来没有过的清楚。

他还没有睁开眼睛,也没有听见什么,冲进脑海的第一个念头就是:鼻子真痛哪!

鼻子被什么撕裂着,痛得可怕,脸上仿佛也有一股很奇怪的热气在熏蒸他。他心惊胆战地睁开了一只眼睛:天哪,一只可怕的灰色巨兽就在眼前!

他吓得闭上眼睛,心里痛苦地想:"又是什么灾祸?又是什么奇祸?把我变成了驴还不够吗?"他绝望地摇摇头,于是脸上又挨了一顿难忍的抓挠,刺心裂肺,于是……

于是他尖叫一声坐了起来,一个东西从脸上摔下去了,然后传来一声怪叫:"喵……"

还是那间屋子,女教师宿舍。隔壁传来朗朗读书声。哈哈!什么朗朗读书声,小学生齐声朗诵时拉着长声,比狗转节子还难听。旭日从窗口慷慨地把阳光送进来。他坐在小于的床上,一只灰猫在地上舔着脚爪。啊,明白了,刚才原来是它在啃老赵昨天夜里沾上了肉汤的鼻头。那么,他怎么到了这里?他不是变成驴了吗?

啊,明白了!这一切,这一切的一切,不过是个梦而已!老赵真想欢呼万岁!他兴高采烈地想:我怎么会变成驴?谁敢把我变成驴?老子和公社书记有交情!县里有不少熟人!

上午九点钟,老师们上完了第二节课,都坐在预备室里。忽然赵助理员一头闯了进来，形容憔悴，一副害酒的样子，满脸爪痕。大家关心地迎上去，问他怎么了。老赵心有余悸地坐下来，傻头傻脑地把他的梦讲了出来，原原本本！

老师们忍不住暗笑，等到他讲到他早上醒来，这一切不过是场噩梦时，我听见了——啊，我有一种神奇的本领，就是有时能听见人们感叹的心声——十来个声音：有男有女，有校长的声音，小于的、老贾的、小孙的……全体老师的声音，那是一声心有未甘的叹息："如果这是真的！如果……这是真的……多好呀！"

过了一个月，小孙被打发回家种地去了。

歌仙

有一个地方,那里的天总是蓝澄澄,和暖的太阳总是在上面微笑着看着下面。

有一条江,江水永远是那么蓝,那么清澄,透明得好像清晨的空气。江岸的山就像路边挺拔的白杨树,不高,但是秀丽,上面没有森林,但永远是郁郁葱葱的。山并不是绵延一串,而是一座座独立的、陡峭的,立在那里,用幽暗的阴影俯视着江水,好像是和这条江结下了不解之缘的亲密伴侣。

你若是有幸坐在江边的沙滩上,你就会看见江水怎样从陡峭的石峰后面涌出来,浩浩荡荡地朝你奔过来。你会看见,远处的山峰怎样在波浪上向你微笑。它的微笑在水面留下了很多黑白交映的笑纹。你会看见,不知名的白鸟在山后阴凉的江面上,静静地翱翔,美妙的倒影在江上掠过,让你羡慕不已,后悔没有生而为一只这样的白鸟。你在江边上静静地坐久了,习惯了江水拍击的沙沙声,你又会听见,山水之间隐隐的歌声:如丝如缕、若有若无、奇妙异常的歌声。这不像人的歌喉发出的,也听不出歌词,但好像是有歌词,又好像是有人唱。这个好地方的名字和这地方一样的美妙:阳朔。这条江的名字也和这条江一样可爱:漓江。

人们说,这地方有过一位歌声极为美妙的人。从她之后,江面上就永远留下了隐约可闻的歌声。可是关于这位歌仙的事迹,就只留下了和这歌声一样靠不住的传说。我知道,这全是扯淡。因为它们全是一些皆大欢喜的胡说。一切欢喜都不可能长久,只有不堪回首的记忆,才被人屡屡提起,难于忘怀。如果说,这歌声在江上久久不去,那么它一定因为含有莫大的辛酸。我知道这位歌仙的一切事迹。孩子们,为了你们,我一切都知道。

人们说,这位歌仙叫刘三姐,我对这一点没有什么不同意见。大概五百年前,她就住在阳朔白沙镇东头的小土楼里。那时的白沙镇和现在没什么两样:满镇的垂柳在街道到处洒下绿荫。刘三姐十八岁之后,远近的人们才开始知道她,那么我们的故事就从她十八岁说起。

我们的刘三姐长得可怕万分,远远看去,她的身形粗笨得像个乌龟立了起来,等你一走近,就发现她的脸皮黑里透紫,眼角朝下耷拉着,露着血红的结膜。脸很圆,头很大,脸皮打着皱,像个干了一半的大西瓜。嘴很大,嘴唇很厚。最后,我就是铁石心肠,也不忍在这一副肖像上再添上这么一笔,不过添不添也无所谓了,她的额头正中,因为溃烂凹下去一大块,大小和形状都像一只立着的眼睛。尽管三姐爱干净,一天要用冷开水洗上十来次,那里总是有残留的黄脓。

刘三姐的容貌就是这么可怕,但是心地又是特别善良,乐于助人,慷慨,温存,而且勤劳。镇上无论哪个青年穿着脏衣服、破鞋子,她看见都要难受:为什么人们这么褴褛呢?她会把衣服要来给你洗好、补好的。不然她就不是刘三姐了。她总是忙忙碌碌,心情爽朗,无论谁有求于她,总是尽力为之。一点不小心眼,要给人家办的事从来没忘记过。她也愿意把饭让给饿肚子的人吃,如果有人肯吃她的饭的话;不过没有一个要饭的接过她的饭,原因不必再说。

刘三姐有一个优美的歌喉,又响亮又圆润。她最爱唱给她弟弟听,哪怕一天唱一万遍也很高兴。她弟弟是个漂亮的小伙子,小的时候那么依恋她。刘三姐以弟弟为自豪,简直愿意为他死一万次(如果可能的话)。不过她弟弟刘老四渐渐地长大了,越来越发现刘三姐像鬼怪一样丑陋。居然有一天发生了这样的事情,吃饭的时候,刘三姐照例把盘子里的几块腊肉夹到刘老四的碗里,而刘老四像发现几只癞蛤蟆蹲在碗里一样,皱着眉头,敏捷、快速地夹起来掷回三姐碗里。三姐眼里含着泪水把饭吃下去,跑到江边坐了半天。

她们家还有刘大姐、刘二姐、刘老头、刘老婆几名成员。大姐二姐也是属于丑陋一类的女人，不过不像三姐那么恶心。大姐二姐好像因为长得比三姐强些吧，总是装神弄鬼地做些小动作，好像三姐是一条蛇一样。刘老头刘老婆昏聩得要命，哪里知道儿女们搞什么鬼。

过了不久，刘三姐发现大姐二姐比往日勤快多了，每顿饭后总是抢着洗碗。当时刘三姐并没有怀疑到那方面去。又过了不久，她又发现，她们刷碗时总把她的碗拣出来等她自己刷，并且顿顿饭都让她用那个碗。刘三姐暗暗落泪，但也无可奈何。后来，从大姐开始，都不大和她说话了，和她说话时也半闭着眼睛，捂着鼻子。二姐和刘老四也慢慢这样做了。再后来，刘家的儿女们和三姐一起待在家里的时间越来越少了。不是三姐回家他们躲出去，就是三姐在家他们不回来。

夏天到了，天气一天天热起来。年轻的人们晚上在家的时候越来越少了。附近的山上，越来越多地响起了歌声。终于到了那一天，传说中牛郎织女要在天上相会的日子。那天下午，地里一个未婚的年轻人都没有了，只剩下了老人和小孩，而年轻人都在家里睡大觉。

到傍晚时分，大群青年男女站在村西头，眼巴巴地看着太阳下山，渐渐地沉入山后了。等到最后一小块光辉夺目的发光体也在天际消失，他们就发出一声狂喜的欢呼，然后四散回家吃饭。

刘老头家里，四个儿女都在狼吞虎咽地把米饭吞下去。不等到屋里完全暗下去，他们就一齐把碗扔下，出了大门。刘老头把大门当的一声关死，落了闸，和老太婆一起回屋睡了。

刘三姐出门就和姐姐弟弟分开了，她沿着大路出村，这时天已经完全黑了。等到她摸着黑沿着一条熟悉的小道朝山上爬时，暗蓝色天空上已经布满了群星，密密麻麻的好像比平时多了五六倍。就在头顶上，一条浩浩的白气，正蜿蜒地朝远方流去。刘三姐爬上山顶，看看四周，几个高大的黑影，好像是神话里的独眼巨人。可是无须害怕，那不过是些山而已。这里的山晚上都是这个样子。

你也许要问，镇上的男女晚上到野外来干什么呢？原来照例有这么个风俗，每年七月七的晚上，青年男女们都到野外来对歌。其实是为了谈恋爱，并不是对缪斯女神的盛大祭祀。

好了，刘三姐在山顶上，稍稍平一平胸中的喘息，侧耳一听，远处到处响起了歌声。难道这里就没有人吗？不对。对面山上明明有两个男人在说话。刘三姐吸了一口气，准备唱了。可是唱不出来。四下里太静了，风儿吹得树叶沙沙响，小河里水声好像有人在趟河似的。真见鬼，好像到处都有人！弄得人心烦意乱，不知准备唱给谁听的。

刘三姐又吸了一口气，甚至闭上了眼睛。猛然她的歌冲出了喉咙，那么响，好像五脏六腑都在唱，连刘三姐自己都吓了一跳。

刘三姐唱毕一曲，听一听四周，鸦雀无声。怎么了？对面山上没有人吗？还是自己唱得太糟？

过了一会儿，对面山上飞起一个歌声：好一个热情奔放的男高音。不过，尽管歌儿听起来很美，歌词可是很伧俗，大意无非是：对面山上的姑娘，我看不到你的容貌，想来一定很好看，因为你的歌儿唱得太好了。

刘三姐脸红了，原来她参加这种活动还是第一次。但是四处黑咕隆咚，很能帮助人撕破脸皮。她马上又回了一首，大意是：我很高兴你的称赞，但是当不起你那些颂词。如果你愿意，我可以和你交个朋友。

对面静了一会儿，忽然唱起了求婚之歌："七七之夕上山游，无意之间遇良友。小弟家里虽然穷，三十亩地一头牛。三间瓦房门南开，门前江水迎客来。屋后有座大青山，不缺米来不缺柴。对面大姐你是谁，请你报个姓名来。"

刘三姐心里怦怦直跳。她听着对面热情奔放的歌声，心里早已倾慕上了。她生来就不愿意挑挑拣拣，无论吃饭、穿衣，还是眼前这件事情，于是马上作歌答之曰："我是白沙刘三姐……"才唱了一句，就被对面一声鬼叫打断了："哎呀，我的妈吔！饶命吧！"

这一夜，刘三姐再没有找到对歌的人，开了一夜独唱音乐会。

天亮之后，刘三姐回家吃早饭，看见大姐二姐在饭桌上那副得意洋洋的样子，心里更觉得酸楚无比。

从此之后，刘三姐越来越觉得在家里待着没意思，终于搬到镇东面一个没人家的土楼上去了。在那里，她白天在下面种种菜园，天还没黑就关门上楼，绝少见人，心情也宁静了许多。不知不觉额头上数年不愈的脓疮也好了。当然，她绝不是陶渊明，所以有时她在楼上看见远处来来往往的行人，心里还是免不了愁闷一番。她喜欢和人们往来，甚至可以说她喜欢每一个人。无论老人小孩，她都觉得有可爱之处。可是她再不愿出去和别人见面了，尤其一想到别人见到她那副惊恐万状的样子，她就难受。一方面是自疚，觉得惹得别人讨厌，另一方面就不消说了。

就这样，她自愿地关在这活棺材里，就是真正厌世的人恐怕也有心烦的时候，何况刘三姐！到了明月临窗，独坐许久又不思睡的时候，不免就要唱上几段。当然了，刘三姐不是李清照，尽管唱得好，歌词也免不了俗套，唱来唱去，免不了唱到自吹自擂的地方。那些词儿就是海伦、克利奥佩屈拉之流也担当不起。

有一天半夜，刘三姐又被无名的烦闷从梦里唤醒，自知再也睡不成了，就爬起来坐着。土楼四面全是板窗，黑得不亚于大柜中间，她也懒得去开窗，就那么坐着唱起来。哪知道声音忒大了点，五里之外也听得见。正好那天白沙是集，天还不亮就有赶集的从镇东头过。先是有几个挑柴的站住走不动了，然后又是一帮赶骡子的，到了那里，骡子也停住脚，鞭子也赶不动。后来，路上足足聚了四百多人，顺着声音摸去，把刘三姐的土楼围了个水泄不通。谁也不敢咳嗽一声,连驴都竖着耳朵听着。刘三姐直唱到天明,露水把听众的头发都湿透了。

那一夜,刘三姐觉得自己从来也没有唱得那么好。她越唱越高,听的人只觉得耳朵里有根银丝在抖动,好像把一切都忘了。直到她兴尽之后,人们才开始回味歌词,都觉得楼上住的一定是仙女无疑,于是又鸦雀无声等着一睹为快。谁知一头毛驴听了这美妙的歌喉之后,自己也想一试,于是高叫起来:"噢啊!噢噢啊……"马上就挨了旁边一头骡子几蹄子,嘴也被一条大汉捏住了。可是已经迟了,歌仙已经被惊动了,板窗后响起了启窗的声音。说时迟那时快,五六百双眼睛(骡马的在内)一齐盯住窗口……

"砰"的一声,窗子开了。下面猛地爆发出一声呐喊:"妖怪来了!"人们转头就跑,骡马脱缰撞倒的人不计其数,霎时间跑了个精光。只剩一头毛驴拴在树上,主人跑了,它在那里没命地四下乱踢,弄得尘土飞扬。

刘三姐愣在那儿了。她不知道下面怎么聚了那么多人,可是有一点很清楚,他们一定是被她那副尊容吓跑了的。她伏在窗口,哭了个心碎肠断。猛然间听见下面一个声音在叫她:"三姐儿!三姐儿!"

刘三姐抬起头,擦擦眼里的泪,只看见下面一个人扶着柳树站着,头顶上斑秃得一块一块的,脸好像一个葫芦,下面肥上面瘦。一个酒糟鼻子,少说也有二斤,比鸡冠子还红。短短的黄眉毛,一双小眼睛。喝得东歪西倒,衣服照得见人,口齿不清地对她喊:"三,三姐儿!他们嫌你丑,我我我不怕!咱们丑丑丑对丑,倒是一对!你别不乐意,等我酒醒了,恐怕我也看不上你了!"

刘三姐认出此人名叫陆癞子,是一个不可救药的酒鬼兼无赖,听他这一说,心里更酸,砰地关上窗子,倒在床上哭了个够。

从此之后,刘三姐在这个土楼上也待不住了。她从家里逃到这个土楼上,但是无端的羞辱也从家里追了来。可是她有什么过错呢?就是因为生得丑吗?可是不管怎么说,人总不能给自己选择一种面容吧!再说刘三姐也没有邀请人们到土楼底下来看她呀!

刘三姐现在每天清晨就爬起来,到江边的石山上找一个树丛遮蔽的地方坐起来,看着早晨的浓雾怎样慢慢地从江面上浮起来,露出下面暗蓝色的江水。直到太阳出来,人们回家吃饭的时候再沿着小路回去。到下午,三姐干完了园子里的活,又来到老地方,看着夕阳的光辉怎样在天边创造辉煌的奇迹。等到西天只剩下一点暗紫色的光辉,江面只剩下幢幢的黑影的时候,打鱼人划着小竹筏从江上掠过,都在筏子上点起了灯笼。江面上映出了粼粼的灯影,映出了筏边上蹲着的一排排鱼鹰,好像是披着蓑衣的小个子渔夫。

打鱼的人们有福了,因为他们早晚间从白沙东山边过的时候,都能听见刘三姐美妙的歌声。说来也怪,三姐的歌里永远不含有太多的悲哀。她总是在歌唱桂林的青山绿水、漓江的茫茫江天，好像要超然出世一样。

下游三十里的地方有一个兴坪镇，有一个兴坪的青年渔夫阿牛有次来到这里，马上就被三姐的歌声迷住了。以后每天早上，三姐都能看见阿牛驾着他的小竹筏在下面江上逡巡。阿牛的竹筏是三根竹子扎成的，窄得吓死人，逆着激流而上时，轻巧得像根羽毛。他最喜欢从江心浪花飞溅的暗礁上冲下去，小小的竹排一下子沉到水里，八只鱼鹰一下子都不见了。等到竹筏子浮出水面，它们就在下面老远的地方浮出来，嘴里常叼着大鱼。这时候阿牛就哈哈大笑，强盗似的打一声唿哨。这时刘三姐在山上直出冷汗，心里咚咚直跳，好像死了一次才活过来一样。

每当刘三姐唱起歌来的时候，阿牛就仰起头来静听，手里的长桨左一下右一下轻轻地划着，筏头顶着激流，可是竹筏一动不动就好像下了锚一样。

有时阿牛也划到山底下，仰着头对着上面唱上一段。这时刘三姐就能清楚地看见他乌黑的头发、热情的面容。只见高高的鼻梁下，长着一个嘻嘻哈哈的大嘴，好像从来也没有过伤心的事情，不管什么事情他都要笑一番。刘三姐心里觉得很奇怪：世界上竟有这样的小伙子，简直是神仙！只要阿牛把脸转向她这边，她就立刻把头缩到树丛里，隔着枝叶偷看。不管阿牛多么热情地唱着邀请她出来对歌的歌曲，她从来不敢答一个字。直到阿牛看看没有希望，耸耸肩膀，打着桨顺流而下时，她才敢探出头来看看他的背影。这时她的吊眼角上，往往挂着眼泪。

自从阿牛常到白沙之后，刘三姐的日子就更不好过了。每天从江边回来，刘三姐心里都难过得要命，更可怕的是阿牛打着桨在山下的时候，刘三姐提心吊胆往树丛后面缩，弄得大汗淋漓。最让人伤心的是阿牛唱的山歌，没有一次不是从赞美刘三姐的歌声唱到赞美她的容貌，那些话听起来就像刀子一样往心里扎。

可是刘三姐又没法不到江边去，到了江边又没法不唱歌。有一次刘三姐决心不唱了，免得再受那份洋罪，于是阿牛以为刘三姐没来，心神恍惚得差点撞在石头上，把刘三姐吓出了一头冷汗。再说她也很愿意听阿牛豪放、热情的歌声。更何况刘三姐的境况又是那么可怜，从来也没有人把她看成过一个人。阿牛现在又是那么仰慕她，用世界上一切称颂妇女的最高级形容词来呼唤她。可是他哪里知道这些话都是刘三姐最难下咽的苦酒。

又有一天，那是个令人愉快的美好的晴天，金光闪耀在江面上、黑绿的山峰上，漓江水对着天空露出了蔚蓝的笑脸。刘三姐又坐在老地方，听着阿牛的歌声，心里绝顶辛酸。

"对面山上的姑娘，你为何不出来见面？你看看老实的阿牛，为了你流连忘返。如果你永远不出来，我也情愿在这里。我是阿牛、阿牛、阿牛，为了你流连忘返。"

刘三姐再也听不下去了，用手捂着耳朵，可是她仍然听见阿牛叹了一口气，看见他懒洋洋地抄起长桨，将要顺流而下。她心里怦怦乱跳，觉得泪水在吊眼角里发烫。猛然间，她的歌声冲出了喉咙，好像完全不由自主一样："我是兴坪刘三姐，长得好像大妖怪。哥哥见了刘三姐，今后再也不会来，阿牛哥，阿牛哥……"刘三姐忽然泣不成声了。

阿牛沉默了。他低着头用长桨轻轻地拨着水面。刘三姐感到胸中有什么东西破裂了，一阵剧痛之后，忽然感到莫名其妙的快慰。原来阿牛也害怕她。

大概阿牛也曾对刘三姐其人有些耳闻吧！可是他沉思之后，毅然地抬起头来说："我不怕！我阿牛不比他们，慢说你还不是妖怪，就是真妖怪，我也要把你接到家里来！现在你站出来吧！"

现在轮到刘三姐踌躇不定了，她决不愿把那张丑脸给任何人看！可是阿牛斩钉截铁的要求又是不可抗拒的，于是刘三姐觉得心好像被两头牛撕开了。她既不敢探出头去，又不忍拒绝阿牛，心里只想拖下去，可是最后一幕的开场锣鼓已经敲响，她还能躲到哪去！啊，但愿她这辈子没活过！

最后，阿牛听见刘三姐用微弱的声音哀求："阿牛哥，明天吧！"

阿牛坐在竹筏上，任凭江水把他送到下游去。他不能相信，那么美妙的声音会从一张丑脸下发出来！可是就算她丑又怎么样？他无限地神往江上那个美妙的声音，就是那声音，好像命运的绳索一样把他往那座山峰边上拉。不管怎么样，她也不会把他吓倒。对不对，鱼鹰们？

鱼鹰们在细长脖子上会意地转转脑袋，好像在回答阿牛：它们并不反对！她一定是个好人，不会饿着它们的。阿牛哥，你下决心吧！

夕阳的金光沿着江面射来，在阿牛身上画出了很多细微的涟漪。对！他做得对！刘三姐是个悲伤的好人，她一定会是阿牛的好妻子！再说，怎见得人家就像传闻的那么丑？阿牛难道没见过那些好事之徒怎么糟蹋人吗？怎么能想象，一个恶心的丑八怪能有一个美妙的歌喉？最可能的是，刘三姐有一点丑，但是绝不会恶心人，更不是像人们说的那么伧俗不堪！他阿牛才不相信那些人们的审美能力呢！对了，也许干脆刘三姐根本不丑？或者更干脆一点，甚至很漂亮？可能！阿牛曾经见过一个受人称赞的美人，长了一个恬不知耻的大脸，脸蛋肥嘟嘟的，站着就要像个蛆一样乱扭，表情呆滞，像头猪！他们那些人哪，不可信！

阿牛信心百倍地站起来，把筏子划得像飞一样从江上掠过。

刘三姐直等到阿牛去远才想到要离开。她两腿发软，要用手扶着石头才能站起来。她看看四周，真想干嚎一通，然后一头撞在石头上。啊呀天哪，你干吗这么作弄人！阿牛看见我一定也会吓个半死，然后逃走！老天爷，你为什么要我碰上好人？跟坏人在一起要好得多！明天哪里还敢上这儿来？我要永远看不见阿牛了，这个罪让我怎么受哇！

刘三姐走下山岗，心里叫失望咬啮得很难过。她才有了一点快慰，不不，什么快慰，简直是受苦！可是以后连这种苦也吃不上了。也许该找把刀把脸皮削下来？不成，要得脓毒败血症的。怎么办？

刘三姐猛地站住了。现在，附近的竹林、村庄都沉入淡墨一样的幽暗中了，可是金光还在那边山顶上朝上空放射着。一切都已沉寂，夜晚尚未到来。头顶的天空上，还飘着几片白云。可是好像云朵也比白天升高了，朝着高不可攀的天空，几颗亮星已经在那里闪亮。高不可攀的天空，好像深不可测，直通向渺渺的、更伟大的太空，但是被落日的金光仰射着，明亮而辉煌。在那里，最高、最远的地方，目力不可及的地方，是什么？

刘三姐忽然跪下了。她不信鬼神，但是这时也觉得，人生一定是有主宰的，一切人类的悲切，真正内在的悲切，都应该朝它诉说。

刘三姐不信上帝。她心里想到人们说的长胡子的玉皇大帝，就觉得可笑，以为不可能有。但是现在她相信，她的一切不为人信的悲切会有什么伟大的、超自然的东西知道。会有这种东西，否则世界与个蚁窝有什么两样！

她静静地跪着，内心无言朝上苍呼吁。可是时间静静地过去，四周黑下来了。什么事情也没发生。刘三姐站起来，默默朝家走去。说也奇怪，她的内心现在宁静得像一潭死水一样。

她走着，四周又黑又静，心里渐渐开始喜悦地感觉到，身上有点异样了。胸口在发热！一股热气慢慢地朝脸上升来，脸马上烫得炙手。上帝！上帝！刘三姐走回土楼躺在床上，浑身发烫，好像发了热病一样。

她偷偷伸出手来，摸摸自己的脸，好像细腻多了。似乎吊眼角也比原先小了。粗糙的头发也比较滋润了。刘三姐躺了半夜，不断有新的发现，直到她昏然睡去。

第二天刘三姐醒来的时候，天已经大亮了。刘三姐爬起来洗脸，很想找个镜子照照自己，但是找不到。原来倒是有两个镜子，可是早被她摔碎了，连破片也找不到。

她朝江边走去，心里感到很轻快。但是过了一小会儿，心里又开始狐疑了。凭良心说，她根本不相信世界会出现奇迹，因为她从来也没有看见过奇迹。但是她现在宁可相信有这种可能。"有这种可能吗？有的，但是为什么以前没有听说过这种事情？而且以前也没有想到过有这种可能？咳，因为以前没有想到过应该向上苍请求啊！我多傻！"刘三姐坚决地把以前的自己当成傻瓜，把今天的自己当成聪明人，于是感到信心百倍。为了免得再犯狐疑，她索性加快脚步，心里什么也不想了。

等她爬上小山，从树丛后面朝江上一看，阿牛已经等在下面了。

阿牛早就听见了山上的脚步声，抬起头来大声说："刘三姐，早上好哇！"

山上也传来刘三姐的回答："你好，阿牛哥！"

这是又一个美好的晴天，江上的薄雾正在散去。太阳的光芒温暖地照在阿牛的身上，江水在山边拍溅。四下没有一个人，江上没有一只船。只有阿牛的小竹排，顶着江水漂着。阿牛抬起头，八只鱼鹰也侧着脑袋，十只眼睛朝山上望去。

阿牛等待着，就要看见一个什么样的人呢？脸一定比较的黑，嘴也许相当大。但是一定充满生气，清秀，但是不会妖艳。当然也许不算漂亮，但是绝对不可能那么恶心人。

阿牛正在心里描绘刘三姐的容貌，猛然，在金光闪耀的山顶，一丛小树后面，伸出一张破烂茄子似的鬼脸来，而且因为内心紧张显得分外可怕：嘴唇拱出，嘴角朝上翘起，吊眼角都碰上嘴了！马上，江上响起了落水声，八只鱼鹰全都跳下水去了。阿牛瞠目结舌，一屁股坐在竹排上，被江水带向下游。

中午时分，阿牛在白沙附近被人找到了。他坐在竹排上，眼睛直勾勾的，不住地摇头，已经不会说话了。在他身边站着八只鱼鹰，也在不住地摇头。以后，他的摇头疯再也没有好。二十年后，人们还能看见他带着八只也有摇头疯的鱼鹰在江上打鱼。那时候，阳朔比现在要多上一景：薄暮时分，江面上几个摇摇晃晃的黑影，煞是好看。当时这景叫白沙摇头，最有名不过了。可惜现在已经绝了此景。

此后，人们再也没看见刘三姐。最初，人们在江面上能听见令人绝倒的悲泣,之后声音渐渐小了,变得隐约可闻,也不再像悲泣,只像游丝一缕的歌声,一直响了三百年!其间也有好事之徒,想要去寻找那失去踪迹的歌仙。他们爬上江两岸的山顶,只看见群山如林,漓江像一条白色的长缨从无际云边来,又到无际云边去。顶上蓝天如海,四下白云如壁。

这辈子

人有时会感到无聊，六神无主，就是平时最爱看的书也无心去看，对着平时最亲密的人也无话可说，只想去喝一点。因为什么呢？就是因为一切都看腻了，一切都说腻了，世界好像到了尽头。

这时你就感到以往的生命、以往的欢乐都渺小而不值一提，新的生命也不会到来。罗曼·罗兰教训我们说：可以等到复活。可是现在复活好像还没有来。

要是人离死不远了，复活就没有指望了。可是人都是越活离死越近。

人只有一次生命，怎么能不珍惜它。这是一件严肃的事情。

就是真正的世界还会觉得太小，何况这又是一个本身就是无聊的世界呢。

小马烦得很。他想把这一切好好想一想，但是又懒得去想，昏昏睡去又不愿意，因为不能把生命耗费在懒散上。可是干什么呢?什么也不能干。大概他不能自己创造美吧?就是能,现在也创造不出来,就是能创造出美的事物,自己也尝不到多少乐趣,人都需要别人的光来照亮自己。"我的娘啊!等下去我可是要死的。"他坐在床沿上伸了个懒腰,然后上床去睡了,自欺欺人地说:这叫等待复活。

小马黑甜一觉醒来,又听见窗户外边震耳的一声公鸡打鸣。"这是怎么回事?哪儿来的鸡?"然后他就听身边有人咻咻地喘气,一只手在触他的肩膀:"孩子他爹,好起了!"

"什么?我是谁的爹?"小马心里一震,稀里糊涂地想。

那只手又触了他一下,更大声地说:"小芳他爹,好起了!天亮了!"

小马又稀里糊涂地想:"对了,我有个女儿叫小芳。哎,我哪儿会有女儿呀?我什么时候当了爹?这都是什么事呀!"

可是三年前结婚和有个女儿叫小芳好像都是真的。见鬼了,我不是小马,家住百万庄五号楼三单元五号吗?怎么又像叫陈得魁,家住马家大队?什么东西这么臭?是那块身下铺的没熟的老狗皮。身上的被子也是油脂麻花的一股味儿。小马猛一下坐起来,觉得腰疼得了不得,小腿也乏得很。还不容他细想什么,身子已经落了地,披上了一件小褂子。窗户纸确实发了白,外边什么东西呼噜呼噜地响,原来是猪在圈里拱什么。呀,猪圈就在窗跟前,屋里能不臭吗?他想着这么个问题就出了门,走到院子里。院里几棵杨树上鸟儿在啾啾地叫，饱享早起的快乐。可是他推起小车就出了门，也没想想是为什么，心里只是苦苦纠缠地想：猪圈就在窗下，屋里能不臭吗？也许是早上的空气让他清醒了一点吧，反正他恍悟过来了。道理很简单，屋里本来就够臭了，有没有猪圈完全是无关紧要。他抬头一看，曙光已经透过小山岗上疏疏落落的树枝照过来了，虽然路上依然很黑，这时他才猛醒过来，这是在哪儿，我这是上哪儿呀？啐！这还不明白，这是村东头的小河边呀，我是去推粪呀，昨天不是就干的这个活吗？不对！什么村东村西的，我不是小马吗？我不是该去厂里上班吗？

他稀里糊涂地搅不清楚，忽然看见前面一群人在粪堆前面倒粪。有人朝他喊："得魁，你还来呀？你可睡了一个热被窝。"

"哈哈，不知怎的，一睁眼天就大亮了。"小马粗声粗气地说。他看看那些人，面生得很，可是好像哪一个的名字他都叫得出。

晨光透过树林，把小马的眼睛晃得发花。他低头看看自己，身上穿着一件带着臭气的褂子，破烂的裤子挽到膝盖。小腿又短又细，腿肚上盘满了弯弯曲曲的筋络。他像第一次看清自己的身躯：肚子又小又鼓，好像脖子在不自然地朝前伸着。"脊梁被压弯了。"他莫名其妙地想，然后又奇怪这念头是从哪儿来的。

他推起装满粪土的小车，天哪，这车这么沉！他不由自主地后退了一步才把车推动。车轴吱吱地响，好像吱吱响的不是车轴，是他的脊梁。他心里很不愉快，而且在想着：我到底是陈得魁还是小马。如果是小马,那么为什么上这儿来推小车?如果我是陈得魁,那么我为什么会出现这么多的怪念头?他昏头昏脑地乱想,忽然在别人的呼喊下站住了。原来他正朝着一个大坑奋力前进呢。

小马又跟上了大家的行列,心里又在想这个问题。猛然他明白了:"这一定是上辈子的事儿,不知为什么我又想起来了。"但是他又觉得不对:"这种迷信怎么可以当真?我怎么会相信这种事情?"然而又一想就坦然了:"怎么不能信?狐仙闹鬼我都信嘛。"

小马坚定地相信了自己现在是陈得魁了。陈得魁推着车,渐渐地感到小腿和腰有点乏力。他盼着早推到地方,回来推着空车可以缓缓劲,谁知他发觉自己已经走在紧挨着山脚的地方。他抬头看看山上的梯田,才想起原来是要往山上推粪。他看看四十五度的山路,心里慌起来,大约把这些粪推上山,他陈得魁也就可以交待了。但是上帝保佑,有一群妇女手拿绳子,准备拉他们一段。陈得魁咬紧牙关,拼命地朝山上冲了几步,一个壮大的胖姑娘把绳子套到他的车杆上拼命地拉起来。车子有一瞬间静止不动。陈得魁和拉车的姑娘都屏住气,用全身的骨骼和肌肉支住企图下滑的车子。

车子朝上移动了,好像蜗牛爬,好像要把陈得魁的力气和血肉耗干。如果坡路不是一段陡一段缓的话,老陈一定会顶不住的。到了下一个坡陡的地方,老陈拼命地推着车,心里却又在乱想:"这坡度大约是四十五度,小车加粪七百斤,压在人身上的力量是

sin45°乘上七百斤，我的妈！"车子猛地朝下溜下来，老陈忙不迭地用左腿的膝盖顶在车屁股下面。

胖姑娘气愤地叫起来："陈大哥，你夜来干什么了？劲都上哪儿去了？"

哄的一声，上上下下一起笑起来。老陈回头朝山下一看，下面十几辆小车，推车的汉子用膝盖顶住车，拉车的推车的都在笑。老陈很想骂上一声："你不要脸！"但是说出口的却是："你慢慢就知道了！"

大家又狂笑一阵，老陈又和胖姑娘拼命地要把车推起来。老陈用大腿垫住车屁股，用全身的力量朝上抬身子，就是用膝盖当支点，把腿当杠杆用。大腿上钻心的痛。"大约拷问犯人也不过如此。"老陈想。山路走也走不完，上了一个山坡又是一个山坡，老陈的小腿跃跃欲试地要抽筋。

"再不到我就完了。"车子推到山顶，老陈深深地喘了一口气。脚在痛，腰在痛，肺急急忙忙地动着，好像肋间也在痛。头上汗珠成串，脚下像踩了棉花。老陈朝山下一看，差点一屁股坐在地下。从山脚到山顶高度足有四百米，路程不少于四里地，走了大约一小时。老陈心里想："上帝在炼狱里让一些罪人推石头上山，那是有道理的。"

整整一个早晨，老陈都在推车上山，下山的时间里喘息一下。最后一次已经是日上三竿了。他感到肚子里好像有一把火在烧，眼前也要发黑。真的，他已经看不清远处的东西了。他时时都在盼着，上山的时候盼早到山顶，下山的时候盼早点回家吃饭，到了真该回家吃饭的时候，他简直就要走不动了。他真想把车子扔在地下，但是他又想起万一车子叫人偷走，那就要花十几块钱去置新的，只好把那辆给他带来灾难的破车推着。

还没有走进家门，老陈的唾液就在分泌了。所以他一进门就粗声粗气地吼："孩儿他娘，饭好了没有？"

孩儿他娘看见老陈筋疲力尽地坐在炕沿上，赶快把饭桌抬上炕。老陈满怀食欲地看见炕桌上摆了几个大地瓜，大碗的萝卜丝，他无比伤心地想道："如果我能吃上百分之百的粮食，如果我每顿饭都有足够的肉吃，我又何至于像今天这么瘦，我又何至于腰天天痛呢。如果我能在饭食上得到足够的补充，我何至于被耗得这么干。"他又想起上辈子看的一本畜牧书上说："猪是一种能很有效率地把植物里的热量转化成肉和脂肪的动物。为了进一步提高效率，可用填饲料（就是蔬菜、番薯之类）填充其肠胃，加以少量高热能饲料，效率可更高。"老陈伤心地想："我也是一个很有效率的动物，为了进一步提高效率，让我把吃进的热量全用出来，也加上填饲料了。"他一面把地瓜和萝卜丝朝肚子里扒，一面对老婆说："孩儿他娘，就不能做个饼子给我吃吗？"

他老婆坐在对面，用填饲料一面喂小芳，一面说："家里就只有八十斤苞米了，还有几斤小麦，你不准备来个客、走个亲戚吗？"

老陈忽然把目光落在他的小芳身上，那孩子一丝不挂，瘦瘦的肋骨如同炉箅一样，胳膊腿都瘦得吓死人，只有一个肚子大得可以，身上黑泥成了鳞。老陈正在奇怪她的大肚子里全是什么，猛然，好像为了回答他的疑问，一堆填饲料从孩子的下面喷出，在炕席上形成了十分不赏心悦目的一摊。

老陈恶心得差点呕出来。他老婆急急忙忙用一块纸去撮，然后用一块布一擦就算完事了。老陈十分不满地看着他老婆那一双很有点可疑的手说："你就不能给孩子做点粮食的东西吃吗？"

他老婆漫不经心地答道："你说的嘛儿？谁家不是这么喂孩子？"

老陈把东西扒下胃，就感到这些东西和肚子里那团火一起融化了，变成了十分可疑的一种感觉：大概那种感觉是可以随时转化成饥饿的感觉的。他马上又想起上辈子读过的那本书里的一段："填饲料之中大量的粗纤维促进肠胃蠕动，有利于排泄，使猪和牲畜的消化功能得到促进，有利于精料的吸收。"

"可是精料在哪儿，我的精料在哪儿？"老陈一面痛苦地想着，一面被街上的哨声召上街，和大家一起又来到地头。

上午的辛劳比早上要更厉害。可是老陈全身的肌肉已经麻木了：它们随时都要十二分亢进地收缩，所以现在根本放松不开，无论用力与否，它们全是紧绷绷的一团。所以他的动作就十分笨拙，脚步也是十分沉重，根本就是脚跟和地面恶狠狠地相撞，震得脑子发麻。脑子也因为全身各处麻木而变得十分迟钝，只是感到骨头节里有那么一点痛。

但是真正痛切的苦楚已经感觉不到了，连腰也不痛了。但是全身发木，好像有点发烧，如同一场大病。

到晚上收工的时候，老陈推着小车回家，看着小山岗上，晚霞红色的底幕上树林黑色的剪影，好像心里有一种异样的感觉：他上辈子似乎好摄影。他很想停下来把这景致再看一眼，但是心里又十分不以为然地啐了一口：去他娘的，看这个有什么屁意思，还不赶快回家去弄弄自留地？！

晚上，老陈躺在床上，很想马上就睡着，因为他已经三十岁了，不是年轻小伙子了。小伙子可以晚上十点不睡，去打扑克，去唱唱样板戏，因为他们年轻，干一天活还有精力。但是人上了三十岁，除了挣饭吃的力气，除了维持一家生活用的力气之外就一无所有了。如果他现在不睡，明天就要挺不住了。

但是他睡不着，心里不休不止地想着他的上辈子。

他现在是不闲了，除了样板戏什么都不看了。大概是三天之前还看了一场样板戏电影，反正是大锣大钹地热闹了一气。大概是有个阶级敌人吧，反正也是一出场就叫他看出来了，但是戏里的好人没看出来，真急死人。后来终于抓住了，大家松了一口气，戏就完了。大概是挺来劲的，也不费脑子，就是阶级敌人没被抓住的时候太让人着急，一出场抓住就好了。

猛然他感到很悲哀，难道这一辈子就这么吃了干、干了吃就完了吗？好像应该是这样，岂有他哉。但是他又想到，上辈子是感到还该有点别的，当然了，那是闲的。上辈子他好像是个城里人。他妈的，城里人就这么闲得难受！

他又想起了好多东西，好像有人说农村人可以唱唱戏、念念诗，这样比生死巴力地干要好。"那敢情好。"老陈想，就是恐怕不是真的。咱们这辈子就是出大力的命了。可是为什么城里人那么闲呢？成天哄，不是搞这个运动，就是搞那个运动，老是不生产，难道就不知道咱们出多大力？那些干部不都是从农村出去的吗？他们就不知道中国有五亿农民，其中有三亿肚子不是百分之百粮食填起来的？三亿人饿着一半的肚皮！想想有多么可怕！

老陈在胡思乱想中睡去了，直到鸡叫三遍才醒来。他爬起身来一看，天已经大亮，窗户纸雪白。老婆不知为何还没有醒。他仔细看看老婆的脸：又老又憔悴，脸上早就爬满了皱纹。手粗得好像打铁的。要是走起路来，那真是一摇一晃，好像一百天没吃草的驴。

他推起小车又出门去，心里想着老婆，难受起来。要知道她才二十九岁，已经赛过一个老太婆了。农村的婆娘都是这样，有了孩子之后就飞快地老起来，又要看孩子，又要做饭，又要拾掇园子，又要喂猪，又要下地，又要拾柴火，又要缝缝补补，又要精打细算，老得当然要快。早上顾不上洗脸，晚上也从不刷牙，当然要丑得吓死鬼。好在她们有了男人,也用不着漂亮了,但是也犯不上那么丑呀。

老陈推着小车站在东山上,心里想着:我们活着是为了谁?为了儿孙吗?要是过得和我一样,要他干什么?为了自己吗,是为了吃还是为了穿?只是为了将来还有希望。可是希望在哪儿呢?都把我们忘了。从农村出去的人也把我们忘了。我们要吃饱,我们想不要干这么使人的活。我们希望我们的老婆不要弄得像鬼一样。我们也要住在有卫生间的房子里头,我们也要一天有几个小时能听听音乐、看看小说。

这就是老陈,一个上辈子不是农民的农民的希望。

变形记

我躺在床上,看着窗外那夕阳照耀下的杨树,树上的叶子忽然从金黄变成火红,天空也变成了墨水似的暗蓝色。我的心情变得好起来。我从床上爬起来,到外边去。那棵杨树的叶子都变成了红绸子似的火焰,在树枝上轻盈地飘动。从太阳上流出很多金色的河流,在暗暗的天顶上流动。大街上的灯忽然全亮了,一串串发光的气球浮在空中。我心情愉快,骑上自行车到立交桥下去找我的女朋友。

她站在那儿等我,穿着一件发紫光的连衣裙,头上有一团微微发红的月白色光辉。那一点红色是着急的颜色。我跳下自行车说:"你有点着急了吧,其实时候还不到。"

她没说话,头上的光又有点发绿。我说:"为什么不好意思?这儿很黑,别人看不到我们。"

她头上的光飘忽不定起来。我说:"什么事使你不耐烦了呢?"

她斩钉截铁地说:"你!你什么都知道,像上帝一样,真讨厌!"

我不说话了,转过头去看那些骑车的人。他们鱼贯穿过桥下黑影,拖着五颜六色的光尾巴,好像鱼缸里的热带鱼在游动。忽然她又来捅我,说:"咱们到外面走走吧,你把见到的事情说给我听。"我们就一起到桥上去。因为刚才我说她不好意思,这时她就挽着我的胳膊,其实臊得从头到脚都罩在绿光里。我说:"你真好看,像翡翠雕成的一样。"

她大吃一惊:"怎么啦?"

"你害羞呢。"

她一把摔开我的胳膊说:"跟你在一起连害羞都害不成,真要命。你看,那个人真可怕!"

对面走过一个人,脸腮上一边蹲了一只晶莹碧绿的大癞蛤蟆。我问她那人怎么啦,她说他满脸都是大疙瘩。我说不是疙瘩,是一对蛤蟆在上面安息。她说真有意思。后来一个大胖子骑车走过,肚子好像开了锅似的乱响,这是因为他天天都和老婆吵架。过了一会儿,开过一辆红旗车,里面坐了一个女扮男装的老处女,威严得像个将军,皱纹像地震后的裂纹,大腿像筷子,阴毛又粗又长,像钢剑一样闪闪发光。我把见过的事情告诉她,不过没告诉她我在首长的小肚子上看见一只豪猪。她笑个不停,还说要我把这些事写到我的诗集里去。

我有一本诗集,写的都是我在这种时刻的所见所闻。除了她,我没敢给任何人看，生怕被送到精神病院里去，但是她看了以后就爱上了我。我们早就在办事处登记结婚了，可是还保持着纯洁的关系。我老想把她带到我那儿去，那天我也说："晚上到我那儿吧！"

"不，我今天不喜欢。"

"可是你什么时候喜欢呢！"

她忽然拉住我的手，把脸凑过来说："你真的这么着忙吗？"我吻了她一下，霎时间天昏地暗，好像整个世界都倒了个儿，原来在左边的全换到右边去了。我前边站了一个男人，我自己倒穿起了连衣裙，脚后跟下好像长了一对猪蹄，而且头重脚轻得直要往前栽倒。我惊叫一声，声气轻微。

等我惊魂稍定，就对自己很不满意。我的肩膀浑圆，胸前肥嘟嘟的，身材又变得那么矮小，尤其是脚下好像踩着高跷，简直要把脚筋绷断。于是我尖声尖气地叫起来："这是怎么了？"

那个男人说："我也不知道，不知怎么就换过来了。嘿，这可真有意思。"

原来那个男人前十秒钟还是我呢，现在就成了她了。我说："有什么意思！这可糟透了！还能换过来吗？"

她的声音充满了幸灾乐祸："你问我，我问谁去？"

我气急败坏地说："这太可怕了！这种情况要持续很久吗？"

"谁知道呢？也许会这么一直持续下去，我当个老头终此一生呢。我觉得这也不要紧,你我反正也到了这个程度了,还分什么彼此呢!"

我急得直跺脚,高跟鞋发出蹄子般的声音。我说:"我可不干!我不干!这叫什么事呀!"

"小声点!你嚷嚷什么呀。这事又不是我做主。这儿不好说话,咱们到你家去吧。"

我不走,非要把事情弄明白不可:"不行,咱俩得说清楚了。要是暂时的,我还可以替你支撑着,久了我可不干。"

"这种事情谁能说得准呢。你的衣服全是一股怪味,皮鞋还夹脚呢。我也讨厌当个男人,当两天新鲜新鲜还可以。咱们回家吧。"

我和她一起往回走,她推着自行车。我走起路来很费劲,不光高跟鞋别扭,裙子还绊腿。身体也不大听我使唤,走了一百多步,走出我一头大汗来。我一屁股坐在马路牙子上想喘喘气,她就怪声怪气地说:"你就这么往地下坐呀!"

"我累了!"

"哟,我的裙子可是全新的,尼龙针织的呢!快起来,好好掸掸土!"

我勉强站起来,满怀仇恨地瞪了她一眼。为了表示对她的蔑视,我没有掸土,又往前走了。走了几步,高跟鞋穿着太憋气,就把它脱下来提在手里。走了一段,我还是不能满意,就说:"你怎么长这么小的脚!虽说个儿小,这脚也小得不成比例。你就用这种蹄子走路吗？"她哼了一声："不要怨天尤人，拿出点男子气概来！"

男子气概从哪儿来呢，我头上长满了长头发，真是气闷非常，浑身上下都不得劲。我们摸着黑走进我的房子，坐在我为结婚买来的双人床上，好半天没有开灯。后来她说："你的脚真臭！我要去洗一洗。"

我说："你去吧！"

她走到那间厕所兼洗澡间里去了，在那儿哗啦哗啦地溅了半天水。我躺在床上直发傻。后来她回来了，光着膀子，小声说："真把我吓坏了，嘿嘿，你在外边显得像个好人似的，脱下衣服一看，一副强盗相。你也去洗洗吧，凉快。"

我到洗澡间里照照镜子，真不成个体统。脱下衣服一照镜子，我差一点昏死过去。乖乖，她长得真是漂亮，可惜不会给我带来什么好处。我洗了洗，把衣服又都穿上，把灯关上，又到床上去。她在黑地里摸到我，说："怎么样，还满意吧，咱长得比你帅多了。"

我带着哭腔说："帅，帅。他妈的，但愿今天晚上能换回来，要不明天怎么见人？"

"嘿，我觉得还挺带劲。明天去打个电话，说咱们歇三天婚假。"

这倒是个好主意。"可是三天以后呢？"

"这倒有点讨厌。这样吧，我上你的班，你上我的班，怎么样？我讨厌上男厕所，不过事到临头也只好这么办了。"

我反对这样。我主张上公安局投诚，或者上法院自首，请政府来解决这个问题。她哈哈大笑:"谁管你这事儿!去了无非是叫人看个笑话。"

她这话也不无道理。我想了又想,什么好办法也想不出来。可是她心满意足地躺下了,还说:"有问题明日再说,今天先睡觉。"

我也困得要命,但是不喜欢和她睡一个床。我说:"咱们可说好了,躺下谁也别胡来。"她说:"怎么叫胡来,我还不会呢。"于是我就放心和她并头睡去。

第二天早上,我叫她给两个单位打电话,叫我们歇婚假。她回来后说:"请假照准了。今天咱们干什么?噢,你去到我宿舍把我的箱子拿来。"

我说:"你的东西,你去拿。"

"瞎说!我这个样子能拿得出来吗?你爱去不去,反正拿来是你用。"

我坐在床上,忽然鼻子一酸,哭了起来。她走过来,拍我的肩膀说:"这才像个女人。看你这样子我都喜欢了。你去吧,没事儿。"

我被逼无奈,只好去拿东西。走到街上,我怕露了马脚,只好做出女人样,扭扭捏捏地走路。路上的男人都直勾勾地盯着我,看得我面红耳赤。我觉得她那件曲线毕露的连衣裙太糟糕,真不如做件大襟褂子,再把头发盘得和老太太一样。

她宿舍里没人,我像贼一样溜进去,把箱子提了出来。回到家里,只见她比手划脚地拿保险刀刮胡子,胡子没剃下来,倒把眉毛刮下来不少。我大喝一声:"别糟践我的眉毛!你应该这样刮……"她学会之后很高兴,就打开箱子,传授我那些破烂的用法,真是叫人恶心到极点。

变成女人之后,我变得千刁万恶,上午一小时就和她吵了十一架。我觉得屋里布置得不好,让她移动一下,她不乐意,我就嘟哝个不停。后来又去做午饭,她买的菜,我嫌贵嫌老。她买了一瓶四块钱的葡萄酒,我一听价钱就声嘶力竭地怪叫起来,她只好用两个枕头把耳朵捂住。我对一切都感到不满,在厨房里摔摔打打,打碎了两三个碟子。她开头极力忍受,后来忍无可忍,就厉声喝斥我。我立刻火冒三丈,想冲出去把她揪翻,谁知力不从心,反被她按倒在沙发上。

她不怀好意地冷笑着说:"你别胡闹了,否则我就打你的屁股!"

我咬牙切齿地说:"放我起来!"

她在我屁股上轻轻打了一下,我立刻尖叫起来:"救命呀!打人了!"她马上松了手,挪到一边去,脸上满是不屑之色:"至于的吗?就打了那么一下。"我坐起来,嚎哭着说:"好哇!才结婚第一天就打人,这日子可怎么过……"我又嘟哝了一阵,可是她不理我,我也就不说什么了。

吃过晚饭,她提议出去走走。可我宁愿待在家里。我们看了会儿电视,然后我就去洗澡,准备睡觉。不知为什么,我觉得她的身体十分讨厌。在那婀娜多姿的曲线里包含着一种令人作呕的味道,丰满的乳房和修长的大腿都很使我反感。长着这样的东西只能引起好色之徒的卑鄙感情。所以我应该尽可能少出门。

要当一个女人,应该远离淫秽。我希望脸上爬满皱纹,乳房下垂,肚子上的肉耷拉下来,这才是新中国妇女应有的形象。招引男人的眼目的,一定是个婊子。我觉得我现在这个形象和婊子就差不多。

当我们两个一起躺在床上时,她告诉我:"你今天的表现比较像个女人了。照这样下去,三四天后你就能适应女人生活,可以去上班,不至于露马脚了。"

我听了以后很高兴,可是她又说:"你的情绪可和我过去不一样,显得像个老太太。不过在妇联工作这样很合适。"

我告诉她,她的表现很像个男人。我们俩谈得投机起来。她推心置腹地告诉我,她很想"胡来"一下。我坚决拒绝了。可是过了一会儿,我又想到她可能会起意到外边也去胡来,这就太糟糕了。我就告诉她,可以和我"胡来",但是不准和别的女人乱搞,她答应了。我告诉她"胡来"的方法,她就爬到我身上来,摸摸索索的很让人讨厌。忽然我觉得奇痛难忍,就杀猪也似的哀号一声,把她吓得连动都不敢动,过了好半天才说:"我下来了。"可我在黑地里哭了好久,想着不报她弄伤我之仇誓不为人。

第二天早上,我醒来时发现自己又变成了原来的形象。她躺在我身边,瞪大眼睛,显然已经醒了很久了。她还是那个漂亮女人,从任何方面来说都是一个好妻子。我伸手去摸她的肩膀,她哆嗦了一下,然后说:"我不是在做梦吧?"

"做什么梦?"

"我昨天好像是个男人。"

我认为她说得对,但是这不能改变现状。我伸手把她抱在怀里,她羞得满脸通红,但是表现得还算老实。后来她起了床,站在床前说:"这么变来变去可受不了,现在我真不知该站在男人的立场上还是该站在女人的立场上了。"

这话说得不错。男人和女人之间天然不和,她们偶尔愿意和男人在一起,而后就开始折腾起来,向男人发泄仇恨。到现在为止,我们夫妻和睦,可我始终防着她一手。

* 本篇题目系编者所加。

猫

下午我回家的时候,看到地下室窗口的栅栏上趴着一只洁白的猫。它好像病了。我朝它走去时,它背对着我,低低地伏在那里,肚子紧紧地贴着铁条。我还从来没有见过猫会那么谨小慎微地趴着,爪子紧紧地扒在铁条上。它浑身都在颤抖,头轻微地摇动着,耳壳在不停地转动,好像在追踪着每一个声响。

它听见了我的脚步声,每次我的脚落地都引起它的一阵痉挛。猫怕得厉害,可是它不逃开,也不转过头来。风吹过时,它那柔软的毛打着旋。一只多么可爱的猫啊。

我走到它前面时,才发现有人把它的眼睛挖掉了。在猫咪的小脸上,有两道鲜红的窄缝,血还在流。它拼命地往地下缩,好像要把自己埋葬。也许它想自杀?总之,这只失去眼睛的猫显得迟迟疑疑。它再也不敢向前迈出一步,也不敢向后迈出一步。它脸上那两道鲜红的窄缝,好像女人涂了口红的嘴巴。我看了一阵就回家了。

我回到家里,家里空无一人。在没看见那只猫以前,我觉得很饿,心里老想着家里还有一盒点心,可是现在却一阵阵地犯恶心。此外,我还感到浑身麻木,脑袋里空空荡荡,什么念头也没有。

外边的天空阴沉沉的,屋里很黑。但是通向阳台的门打开着,那儿比较明亮。我到阳台上去,往下一看,那只猫不知什么时候爬到了栅栏平台的边上,伸出前爪小心翼翼地往下试探。栅栏平台离地大约有二十厘米,比猫的前腿长不了多少。它怎么也探不到底,于是它趴在那里久久地试探着,它的爪子就像一只打水的竹篮。我站在那里,突然感到一种要从三楼上跳下去的欲望。我回屋去了。

天快黑的时候,我又到阳台上去。在一片暗蓝色的朦胧之中,我看见那只猫还在那里,它的前爪还在虚空中试探。那座半尺高的平台在那只猫痛苦的感觉之中一定被当做了一道可怕的深渊。我不知道它为什么不肯放弃那个痛苦而无望的企图。后来它昂起头来,把它那鲜血淋漓的空眼眶投向天空,张开嘴无声地惨叫起来,我明白它一定是在哀求猫们的好上帝来解救它。

我小时候也像它一样,如果打碎了什么值两毛钱以上的东西,我害怕会挨一顿毒打,就会把它的碎片再三地捏在一起,在心里痛苦地惨叫,哀求它们会自动长好,甚至还会把碎片用一张旧报纸包好，放在桌子上，远远地躲开不去看。我总希望有什么善神会在我不看的时候把它变成一个好的，但是没有一次成功。

现在那只猫也和我小时候一样的愚蠢。它那颗白色的小脑袋一上一下地摇动着。正是痛苦叫它无师自通地相信了有上帝。

夜里我睡不着觉，心怦怦直跳，屋里又黑得叫人害怕。我怎么也想不出人为什么要挖掉猫的眼睛。猫不会惨叫吗？血不会流吗？猫的眼睛不是清澈的吗？挖掉一只之后，不是会有一个血淋淋的窟窿吗？怎么能再挖掉另一只？因此，人又怎样才能挖掉猫的眼睛？想得我好几次干呕起来。我从床上爬起来，走到阳台上去。下边有一盏暗淡无光的路灯，照见平台上那只猫，它正沿着平台的水泥沿慢慢地爬，不停地伸出它的爪子去试探。它爬到墙边，小心地蹲起来，用一只前爪在墙上摸索，然后艰难万分地转过身去，像一只壁虎一样肚皮贴地地爬回去。它就这么不停地来回爬。我想这只猫的世界一定只包括一条窄窄的通道，两边是万丈深渊而两端是万丈悬崖，还有原来是眼睛的地方钉着两把火红的钢钎。

凌晨三点钟，那只猫在窗前叫，叫得吓死人的可怕。我用被子包住了脑袋，那惨叫还是一声声传进了耳朵里来。

早上我出去时，那只猫还趴在那儿，不停地惨叫，它空眼窝上的血已经干了，显得不那么可怕，可是它凄厉的叫声把那点好处全抵消了。

那一天我过得提心吊胆。我觉得天地昏沉，世界上有一道鲜红的伤口迸开了，正在不停地流血。人在光天化日之下干出了这件暴行，可是原因不明，而且连一个借口都没有。

我知道有一种现成的借口，就是这是猫不是人，不过就是这么说了，也不能使这个伤口结上一层疤。

下午下班回家的路上，我又想起几件令人毛骨悚然的事来，什么割喉管、活埋之类。干这些事情时都有它的借口，可是这些借口全都文不对题，它不能解释这些暴行本身。

走过那个平台时，我看到那只猫已经死了。它的尸体被丢到墙角里，显得比活的时候小得多。我长长地出了一口气，身上觉得轻松了许多。早上我穿了一件厚厚的大棉袄，现在顿时觉得热得不堪。我一边脱棉袄一边上楼去，嘴里还大声吹着口哨。我的未婚妻在家里等我，弄了好多菜，可是我还觉得不够，于是我就上街去买啤酒。

我提着两瓶啤酒回来，路过那个平台时，看到那只猫的幻影趴在那儿，它的两只空眼窝里还在流着鲜血，可怜地哆嗦着。我感到心惊肉跳，扭开头蹑手蹑脚地跑过去。

上楼梯的时候，我猛然想起有一点不对。死去的那只猫是白色的，可是我看见的那个幻影是只黄猫。走到家门口时，我才想到这又是一只猫被挖掉了眼珠,于是我的身体剧烈地抖动起来。

我回到家里,浑身上下迅速地被冷汗湿透了。她问我是怎么回事。我没法向她解释,只能说出不舒服。于是她把我送上床,加上三床被子,盖上四件大衣。她独自一人把满桌菜都吃了,还喝了两瓶啤酒。

夜里那只猫在惨叫,吓得我魂不附体。我又想起明朝的时候,人们把犯人捆起来,把他的肉一片片割下来,割到没有血的时候,白骨上就流着黄水,而那犯人的眼睛还圆睁着。

以后,那个平台上常常有一只猫,没有眼睛,鲜血淋漓。可是我总也不能司空见惯。我不能明白这事。人们经过的时候只轻描淡写地说一声:"这孩子们,真淘气。"据说这些猫是他们从郊外捉来的。

我也曾经是个孩子,可我从来也没起过这种念头。在单位里我把这件事对大家说,他们听了以后也么说。只有我觉得这件事分外的可怕。于是我就经常和别人说起这件事,他们渐渐地听腻了。有人对我说:"你这个人真没味儿。"

昨天晚上,又有一只猫在平台上惨叫。我彻夜未眠,猛然想到这些事情都不是偶然的,这里边自有道理。

当然了,一件这样频繁出现的事情肯定不是偶然的,必然有一条规律支配它的出现。人们不会出于一时的冲动就去挖掉猫的眼睛。支配他们的是一种力量。

这种力量也不会单独地出现,它必然有它的渊源。我竟不知道这渊源在哪里,可是它必然存在。

可怕的是我居然不能感到这种力量的存在,而大多数人对它已经熟悉了。也许我不了解的不单单是一种力量,而是整整的一个新世界?我已经感到它的存在,但是我却不能走进它的大门,因为在我和它之间隔了一道深渊。我就像那只平台上的瞎猫,远离人世。

第二天早上,我出去时那一只猫已经死了。但是平台上不会空很久的。我已经打定了主意。

我背着书包,书包里放着一条绳子和一把小刀。我要到动物收购站去买一只猫来。当我把它的眼睛挖掉送上平台时,我就一切都明白了。

到那个时候,我才真正跨入人世。

我在荒岛上迎接黎明

我在荒岛上迎接黎明。太阳初升时,忽然有十万支金喇叭齐鸣。阳光穿过透明的空气,在暗蓝色的天空飞过。在黑暗尚未退去的海面上燃烧着十万支蜡烛。我听见天地之间钟声响了,然后十万支金喇叭又一次齐鸣。我忽然泪下如雨,但是我心底在欢歌。有一柄有弹性的长剑从我胸中穿过,带来了剧痛似的巨大快感。这是我一生最美好的时刻,我站在那一个门坎上,从此我将和永恒连结在一起……因为确确实实地知道我已经胜利,所以那些燃烧的字句就在我眼前出现,在我耳中轰鸣。这是一首胜利之歌,音韵铿锵,有如一支乐曲。我摸着水湿过的衣袋,找到了人家送我划玻璃的那片硬质合金。于是我用有力的笔迹把我的诗刻在石壁上,这是我的胜利纪念碑。在这孤零零的石岛上到处是风化石,只有这一片坚硬而光滑的石壁。我用我的诗把它刻满,又把字迹加深,为了使它在这人迹罕到的地方永久存在。

在我小的时候，常有一种冰凉的恐怖使我从睡梦中惊醒，我久久地凝视着黑夜。我不明白我为什么会死。到我死时，一切感觉都会停止，我会消失在一片混沌之中。我害怕毫无感觉，宁愿有一种感觉会永久存在。哪怕它是疼。

长大了一点的时候，我开始苦苦思索。我知道宇宙和永恒是无限的，而我自己和一切人一样都是有限的。我非常非常不喜欢这个对比，老想把它否定掉。于是我开始去思索是否有一种比人和人类都更伟大的意义。想明白了从人的角度看来这种意义是不存在的以后，我面前就出现了一片寂寞的大海。人们所做的一切不过是些死前的游戏……

在冥想之中长大了以后，我开始喜欢诗。我读过很多诗，其中有一些是真正的好诗。好诗描述过的事情各不相同，韵律也变化无常，但是都有一点相同的东西。它有一种水晶般的光辉，好像是来自星星……真希望能永远读下去，打破这个寂寞的大海。我希望自己能写这样的诗。我希望自己也是一颗星星。如果我会发光，就不必害怕黑暗。如果我自己是那么美好，那么一切恐惧就可以烟消云散。于是我开始存下了一点希望——如果我能做到，那么我就战胜了寂寞的命运。

但是我好久好久没有动笔写，我不敢拿那么重大的希望去冒险。如果我写出来糟不可言，那么一切都完了。

我十七岁到南方去插队。旱季里，那儿的天空是蓝湛湛的，站在小竹楼里往四下看，四外的竹林翠绿而又苗条。天上的云彩又洁白又丰腴，缓缓地浮过。我觉得应该去试一试。

开始时候像初恋一样神秘，我想避开别人来试试我自己。午夜时分，我从床上溜下来，听着别人的鼻息，悄悄地走到窗前去，在皎洁的月光下坐着想。似乎有一些感受、一些模糊不清的字句，不知写下来是什么样的。在月光下，我用自来水笔在一面镜子上写。写出的字句幼稚得可怕。我涂了又写，写了又涂，直到把镜子涂成暗蓝色，把手指和手掌全涂成蓝色才罢手。回到床上，我哭了。这好像是一个更可怕的噩梦。

后来我在痛苦中写下去，写了很久很久，我的本子上出现很多歪诗、臭诗，这很能刺激我写下去。到写满了三十个笔记本时，我得了一场大病，出院以后弱得像一只瘦猫。正午时分，我蹲下又站起来，四周的一切就变成绿色的。

我病退回北京，住在街道上借来的一间小屋里。在北京能借到很多书，我读了很多文艺理论，从亚里士多德到苏联的叶比西莫夫，试着从理论分析中找到一条通向目标的道路，结果一无所成。

那时候我穷得发疯，老盼着在地上捡到钱。我是姑姑养大的，可是她早几年死了。工作迟迟没有着落，又不好意思找同学借钱。

我转起各种念头,但是我绝对不能偷。我做不出来。想当临时工,可是户口手续拖着办不完。剩下的只有捡破烂一条路了。

在天黑以后,我拿了一条破麻袋走向垃圾站。我站在垃圾堆上却弯不下腰来。这也许需要从小受到熏陶,或者饿得更厉害些。我拎着空麻袋走开时却碰上一位姑娘从这儿走过。我和她只有一面之识,可她却再三盘问我。我编不出谎来,只好照实招了。

她几乎哭了出来,非要到我住的地方去看看不可。在那儿,我把我的事情都告诉她了。那一天我很不痛快,就告诉她我准备把一切都放弃。她把我写过的东西看了一遍之后,指出有三首无可争议的好诗。她说事情也许不像我想的那么糟糕。但是我无论如何也想不起那三首诗是怎么写出来的了。我还不是一个源泉、一个发光体,那么什么也安慰不了我。

后来她常到我这儿来。我把写的都给她看,因为她独具慧眼,很能分出好坏来。她聪明又漂亮。后来我们把这些都放下,开始谈起恋爱来,晚上在路灯的暗影里接吻。过了三个月她要回插队的老家去,我也跟她去了。

在大海边上,有一个小村镇。这儿是公社的所在地,她在公社当广播员,把我安排在公社中学代课。

她有三间大瓦房,盖在村外的小山坡上,背朝着大海,四面不靠人家,连院墙都没有,从陆上吹来的风毫无阻碍地吹着门窗。她很需要有人做伴,于是我也住进那座房子,对外说我是她的表哥，盖这座房子用了我家的钱。人家根本不信，不过也不来管我们的闲事。我们亲密无间，但是没感到有什么必要去登记结婚。我住在东边屋里，晚上常常睡不着觉在门口坐着，她也常来陪我坐。我们有很多时候来谈论，有很多次谈到我。

看来写诗对我是一个不堪的重负，可是这已经是一件不可更改的事情了。我必须在这条路上走到底。我必须追求这种能力，必须永远努力下去。我的敌手就是我自己，我要他美好到使我满意的程度。她希望我能斗争到底。她喜欢的就是人能做到不可能做到的事情，她的一切希望就系之于此。如果没有不可能的事情，那么一切都好办了。

我不断地试下去，写过无数的坏诗。偶尔也写过几个美好的句子，但是没有使她真正满意的一篇。我好像老在一个贫乏的圈子里转来转去，爬不出去。我找过各种各样的客观与主观的原因，可是一点帮助也没有。她说我应该从原地朝前跨一步，可是我动弹不得。

我就这么过了好几年。有时挎着她的手到海边去散步时我想："算了吧！我也算是幸福的了。她是多么好的伴侣。也许满足了就会幸福。"可是我安静不下来。我的脑子总是在想那个渺茫的目标。我常常看到那个寂寞的大海。如果我停下来，那么就是寂寞，不如试下去。

昨天早上,校长让我带十几个学生去赶大潮。我们分两批到大海中间的沙滩上去挖牡蛎,准备拿回去卖给供销社,给学校增加一点收入。下午第一批学生上船以后,忽然起了一阵大风,风是从陆上吹来的。这时潮水已经涨到平了沙滩,浪花逐渐大起来,把沙洲上的沙子全掀了起来。如果浪把我们打到海里,学生们会淹死,我也可能淹死,淹不死也要进监狱。我让学生们拉住我的腰带,推着我与大浪对抗。我身高一米九零,体重一百八十斤,如果浪卷不走我,学生们也会安全。

小船来接我们时,浪高得几乎要把我浮起来,一浮起来我们就完了。小船不敢靠近,怕在沙滩上搁浅,就绕到下风处,我把学生一个一个从浪峰上推出去,让他们漂到船上去。最后一个学生会一点水,我和他一起浮起来时,他一个狗刨动作正刨在我下巴上,打得我晕了几秒钟,醒过来时几乎灌饱了。我再浮上水面,小船已经离得很远。我喊了一声,他们没有听见,我又随浪沉下去。再浮到浪顶时,小船已经摇走,他们一定以为我淹死了。

我在海里挣扎了很久,陆地在天边消失了。我一个劲地往海底沉,因为我比重太大,很不容易浮起来。大海要淹死我。可是我碰上了一条没桨的小船在海上乱漂。我爬上船去。随它漂去。我晕得一塌糊涂,吐了个天翻地覆。天黑以后,风停了。我看见这座大海之中的小孤岛,就游了上来。

我在荒岛上迎接黎明。我听到了金喇叭的声音。在这个荒岛上，我写出了一生中第一首从源泉中涌出来的诗，我把它刻在了石头上。

在我的四周都是海，闪着金光，然后闪着银光，天空从浅红变作天蓝。海面上看不见一条船。在这小岛顶上有一座玩具一样的龙王庙。也许人们不会来救我，我还要回到海里，试着自己游回岸上去，但是我并不害怕。我不觉得饿，还可以支持很久。我既可以等待，也可以游泳。现在我愿意等待。于是我叉手于胸站在小岛顶上。我感到自豪，因为我取得了第一个胜利，我毫不怀疑胜利是会接踵而至的。我能够战胜命运，把自己随心所欲地改变，所以我是英雄。我做到了第一件做不到的事情，我也可以接着做下去。我喜欢我的诗，因为我知道它是真正美好的，它身上有无可争辩的光辉。我也喜欢我自己造出的我自己，我对他满意了。

有一只小船在天边出现，一个白色的小点，然后又像一只白天鹅。我站在山顶上，把衬衫脱下来挥舞。是她，独自划着一条白色的救生艇，是从海军炮校的游泳场搞来的。她在船上挥着手。我到岸边去接她。

她哭着拥抱我，说在海上找了我一夜。人们都相信我已经淹死了，但是她不相信我会死。我把她引到那块石头前，让她看我写的诗。她默默地看了很久,然后问我要那片硬质合金,要我把我的名字刻上去。可是我不让她刻。我不需要刻上我的名字。名字对我无关紧要。我不希望人们知道我的名字,因为我的胜利是属于我的。

地久天长

　　十七岁那年，我去了云南。我去的那地方是一个群山环绕的小平原，有翠绿的竹林和清澈的小河。旱季里，天空湛蓝湛蓝的，真是美极了。我是兵团战士，穿着洗白了的军衣，自以为很神气，胸前口袋里装着红宝书，在地头休息时给老乡们念报纸。我从不和女同学谈话，以免动摇自己的革命意志。除此之外，那几年我干的事情就像水漏过筛子一样，全从记忆里漏出去啦。但后来发生的一些事情却使我终生难忘，印象是那么鲜明，一切宛如昨日。

　　事情发生在那年春天。队里有个惯例，农忙时一天要给牛喂两顿红糖稀饭，要不牛就会累垮。那一天，教导员从营部来，正好看见我的朋友大许提了桶稀饭去喂牛。他一见瞪起眼来就喊："给牛喝稀饭！哪个公子哥儿干的事儿！"

　　他等着大许跑到他面前来认罪。可是大许偏不理他。教导员喊一声没人理，又直着脖子吼起来："谁干的？"

大许走过去说:"我提来的稀饭。耕牛都要喂稀饭,不然牛要垮的。"

教导员斜着眼打量了他一番,冲他大喝一声:"牛吃稀饭!人吃什么?你给我哪儿来的送哪儿去!"

大许被他溅了一脸唾沫星子,不由得发怒:"哪儿来的?那边大锅熬的,一头牛一桶。"

教导员大怒:"你放屁!拿粮食喂牛就是要改!把桶提到伙房去!给人喝!"

大许冷笑一声:"人不能喝啦,教导员。桶里我撒了尿啦。"

大许没撒谎。牛就是爱喝人尿。我猜这是为了补充盐分,另外据说尿素牛可以吸收。因此,我们在没人的地方常常撒尿给牛喝,有时就撒到牛食桶里。教导员以为大许是拿他开心,伸手就揪大许的领子,要把他提溜走。大许当然要挣扎,两人撕扯起来。教导员大骂:"你这流氓!二流子!"大许回嘴:"你知道个屁!你就会瞎喳喳!"

后来,别人把他们劝开了。教导员怒气不息,坚持要开大许的批判会,队长百般解释,他执意不听。直到队长急了,冲着他大叫:"教导员同志!你这么搞我们怎么做工作!我要向团党委汇报。"教导员这才软下来。可是晚点名时他又说:"你们队,拿大米喂牛!我批评以后还有人和我顶起来,好嘛!有两下子嘛!这叫什么?这叫无政府主义!"老职工在下边直嗤他:"他是怎么搞的,喂牛的饲料粮是上面发下来的嘛!""咱们的牛都瘦成一把骨头了,还要犁地,他娘的不犁地的还要吃四十二斤大米哩。"

从此以后,教导员见了大许总斜着眼。他知道大许出身不好,背地里常骂他狗崽子。后来就三天两头往我们队里跑,想找大许的碴儿。我发现他来意不善,常在背地里关照大许:"教导员要整你啦。"大许并不害怕,说:"我干我的工作,他整得着吗?"

碴儿到底还是给教导员找着了。那年秋收时,大许的脚扎伤了,雨后地里潮湿,队里照顾他在场上干活。几千斤稻谷上了场,需要留人翻晒,于是又派了我和一个女同学邢红。

早上雾气消了以后,我们打开麻袋,把半湿的稻谷倒出来,摊在场上,这活直到中午才干完。下午我们到场上时,她已经在那儿了。她洗了头,长发披在肩上,在树荫底下盘腿坐着,笑嘻嘻地看着小鸟飞,好像很感兴趣。我去拿耙子,想把稻谷翻一遍,可是她对我说:"别翻了!五分钟以前我刚翻过一遍。"

于是我们俩也到树荫里坐下。我对大许说:"我看你什么时候还是去找教导员谈谈,他可能对你有误解,谈了就解开了。"

大许回答得很干脆:"我不去!"

我说:"还是去谈谈好。我可以替你先去说说。"这时我听见哧哧的响,原来是她在鼻子里哼哼。她说:"没意思。干吗让大许去讨饶?"

我白了她一眼,觉得她瞎搭碴儿。她觉察出来,就笑了笑,走开了。

大许低着头半天不说话,忽然,他抬起头来大叫一声:"不好!来雨了!"

我一看,果然,乌云已经起来半天高了。我们赶紧去收稻谷。她不见了。我就喊:"邢红!邢红!来了雨了!"

她在远处答应:"知道了!我在拉牛。"

她从河边拉来一头牛。我们给牛架上个刮板,用牛拉着把稻谷堆起来果然快得多,一会儿就把谷堆撮起来一多半。风来了,雨马上就到,偏巧这会儿牛一撅尾巴。她赶快把牛尾巴按住说:"这个该死的!"她笑起来了。我连忙把牛赶到一边去,让它拉了一脬牛粪。这一弄实在耽误工夫。等我们堆好谷堆,雨点子已经劈里啪啦地打了下来。当时有一块盖谷堆的席子不合适,反正那席子已经烂了半边,大许就拿镰刀削下一块来,然后盖上防水布。刚弄完雨就下大了。

我们跑到凉棚里躲雨,大许还拿着那块席片呢。我说:"扔了吧。"他说:"留着可以补箩筐。"忽然邢红弯下腰去看那席片,然后直起腰来在大许肩上拍了一下说:"你看这儿!"

我们一看,席子上粘着一角人像。坏了,那会儿根本没有别人的像。大许吓得手直哆嗦,悄悄地把一角画像揭下来捧在手里看。

这块席原来一定是草屋里打隔断的。我说:"怎么办?另一半在谷堆里呢。天晴以后打开就该被别人看见了。大许,你快报告去吧。"

她说:"报告说是谁搞坏的呢?"

我没吭声。大许说:"当然是我。"

邢红说:"你瞎说,不是你。教导员正要整你呢,说是我好啦。"

大许不干,他是个诚实的人。我忽然想出一条妙计来:"要是人家看见了,问是谁弄的,就说不记得有这么回事,不知道谁干的,这样就谁也不用承认了。"

大家都同意了。可是傍晚收工时,那片席子就被上场摊稻谷的人发现了,而且教导员马上就知道了。他急如星火地赶了来,逼问我们这是谁弄的。我们当然说记不得了。可是他怎肯善罢甘休!他把我们挨个逼问了一通,让我们仔细讲一遍当天下午的活动,一个细节一个细节地讲,尤其是盖席子的过程,要一个动作一个动作地讲。不知他们感觉怎么样,反正在教导员逼我的时候,我觉得手心出冷汗,舌根发硬,说起话来结结巴巴。我讲完了以后他盯住我说:"你热爱毛主席吗?"

我说:"热爱。"

"好。你再讲一遍,是谁用刀削下席子的那个角的?"

"记不清了。真的记不清,也许席子本来就缺一角。"

他瞪起眼来说:"真的?有人反映,那些席子本来是不缺角的,一个缺角的也没有。你再想想。"

我流着冷汗说:"我不记得有谁拿过刀。也许是折了以后撕的?"

他眼睛发出亮光:"对,对,是谁?"

"不记得是谁,我没看见。"

他冷笑着看着我。

他走了,我一个人坐在屋里,忽然心狂跳起来。也许这真是犯罪行为?我的做法是革命的吗?我对得起毛主席吗?一想到这个,我的心脏都要冻结了。

正在这时,我又听到教导员在隔壁房间里咆哮:"就是你干的!你这个小狗崽子!我一猜就是你!你坦白吧,坦白了宽大你。不然要判刑的!"

啊呀,原来是在审问大许!

教导员吼了半天,大许没理他。他把大许轰走了,又把邢红叫了去,对她也像对我一样说了一气。邢红回答得很干脆:"我记不清是谁撕的席子了,很可能就是我。"

教导员说:"你再想想。"

她说:"实在想不起来。要是你一定要找个承担责任的人,就说是我撕的好啦。"

教导员吓唬她:"这是个政治事件!撕毁宝像是反革命行为!"

"我们是无意的。"

"谁知有意无意。你知道犯这个罪要怎么处理吗?"

"不知道。"

教导员气得直咬牙:"你这种态度……哼,不用上纲,本身就在纲上！你回去考虑吧！"

第二天，教导员宣布我们三个人停工，在家写交待。让我在宿舍里写，大许在办公室，邢红在会计室。还好，没派人看着我们。

我坐在宿舍里，心里好不凄凉。说实在的，让我停工交待可把我吓坏啦。我倒不是热爱劳动到了这个份上，实在是吓的。要是教导员背地里骂我，说我是流氓、坏分子，我也顶多是害怕一阵。这一不让我下地，可就和群众隔离开了。我只要能和一般人一样吃饭睡觉干活，就会觉得心安理得。这一分开，我，我，我成了什么啦？我为什么一下子就成了这么一个需要隔离的人？想着想着我就没出息地哭了起来，就着这股心酸劲就写起来了。啊呀，提起这份检查我要臊一辈子。我写"敬爱的教导员"，还说我出身工人家庭，对毛主席是忠的，对领导是热爱的。又说自己工作一贯还好，受过教导员表扬等等，写了一大堆摇尾乞怜的话。后面说自己在宝像这个问题上粗心大意，一时疏忽，没有看清谁撕的，心里很难过，"心如刀绞，泪如泉涌"。最后是说要在今后的工作中将功补过，等等。还算好，我没把大许给卖了，可是也够糟的了，我说"没看清谁撕的宝像"，言下之意就是不是我撕的。我都奇怪，当时我怎么能干这种事？

写完以后，我正坐在窗前发愣，忽然听见有人在我脑门前边说话："哎呀，你都写完了？快拿来我看看。"

我一看，原来是她站在窗外，笑嘻嘻的。她说："怎么？你哭了！"

我羞得满脸通红，把头转到一边去。忽然我想起她跑出来是不许可的，尤其是不能来和我说话，就瞪着她说："你怎么出来了？"

她一迈腿坐在窗台上说："为什么不能出来？"

"哎呀，不是让咱们老老实实坐在各人屋里写检讨吗？"

她噘起嘴来哼了一声："听他的。又没人看着。出来玩玩有什么不可以？"

我说："呀，这可不成！要是叫教导员知道了事情就更大了。你快回去吧！"

她吃惊地挑起眉毛来："怎么啦？教导员有什么了不起，我看他不能把咱们怎么办。当然了，也不能和他顶僵了，这个检查还是要写。可我还真不会写这玩意呢，你写的检查让我参考参考好不好？"

我不想给她。可是她真漂亮……于是我勉强答应了。她伸手去抓我的检查，我说："你别拿走。"她嗯了一声，坐在窗台上看。我又说："你下来吧，来个人看见就要命了！"她就下来坐在床上看。我的检查有五张纸，着实不短呢。她看着看着就笑了，还说："好玩！小王，你这'心如刀绞，泪如泉涌'可写得真棒！哈哈，你可真会装哭丧脸儿。"原来她把我的种种沉痛之词当成了讽刺！当然她不能体会我失魂落魄的心情。看完了以后她把它还给我，想了想，皱起眉毛来说："可是你这检查整个看起来还像是告饶。当然了,告饶就告饶,没什么。可是你怎么写了个没看清谁撕了宝像?这点儿你得改改,要不然教导员会认定是大许撕的,他就更不肯甘休了。"

我的脸马上红了,连忙拿笔把"看"字划了,换了个"记"字。她笑了笑说:"这就对了。看来你这篇我不能参考,写的全是你的话。我去看看大许写的什么。"她跳出窗户,又回过头来说:"喂!下午到河边去游泳啊?"

我一听头都大了。去游泳!这是犯了错误反省的态度吗?我要是不去,她和大许去了,就我一个人在家,又显得太那个,何况大许又是我的朋友。我要去呢,一下午三个人都不在,万一教导员知道呢?再说我很害怕和个女孩子去游泳。不过我又很有点向往。结果我说:"不去好吧?万一有人看见?"

她说:"不怕!中午最热的时候去。中午谁会出来走动?回来的时候从菜地边上的小树林里出来,那才叫万无一失呢。你放心吧!队里人都去山边挖渠了,剩下几个喂猪做饭的老太婆,她们才不来看你呢。"

"可是教导员要是突然回来呢?"

她笑了:"他呀,中午他肯定不回来!这太阳要把他鼻子晒脱皮。好啦,我来叫你。再见!"

中午吃完了饭,我躺在床上想心事。忽然听见窗前有人叫:"小王,快出来。"我一看是她,就从窗口爬出去。我们两个叫上大许,她领着我们从菜地后面的树林往河边走。我问她:"怎么不走大路?"她说:"小河边有人洗衣服。好家伙,真不怕热!"

我们从树林里出来,果然看见小河边上有个人在洗衣服,把小桥堵上了。于是我们绕到小河拐弯的地方,从老乡垒的拦鱼小坝上过了河,又在路边的沟里走了好长一段到了大河边上,头都晒晕了。

大河里的水在旱季是很清的,就是太浅,最深的地方才不过齐胸深,又太急。邢红穿了一件绿色的游泳衣,在水里又踢又打,连水里的沙子都溅了出来。大许下了水,他情绪很阴沉,涮了涮又到岸上去坐着。我在水最深流最急的地方站定,让流水猛烈地冲着胸口,心里倒轻松了一点。我看着她在浅水处疯,心里有点高兴。我想过去,但是又不好意思。直到她叫我们:"大许,小王,你们都过来!"

我们蹚水过了河,到她身边去。她指着清清的河水里一些闪光的小片说:"这是什么?"河水中有一些闪光的小薄片,被水流冲得旋转着,在阳光下闪着金光。她跪在沙滩上,用手掬起一捧水,端到眼前,那些小薄片沉下去了。我告诉她这是云母,她有点失望地把水放了,说:"我还当是金子呢。"

这一回就连大许都笑了一声。她让我们坐在她身边。这个地方很隐蔽:河在这里转了个大弯,河岸上长着很高的茅草,从哪儿都看不到。她说:"我有一件红游泳衣,可是我拿了明明的绿游泳衣。怎么样,我想的不错吧?"

我说:"什么不错?"

"嘻!红的暴露目标呀!"

我们又忍不住笑了一笑。我说:"要是被人发现我们不在,你穿隐身衣也没用了。我看我们还是早点回去为妙。"大许默默地点点头。她说:"忙什么?先到对面树荫下坐一会儿。"

到了那儿,她把一件洗白了的破军装披在肩上,从衣服兜里掏出两张纸说:"这是我的检查,你们看看。"

她的检查就是一个最缺乏幽默感的人看了也要笑出声来。开头说的是:"敬爱的教导员:祖国山河红旗飘,六亿神州尽舜尧。在一片革命歌声中,我们迎来了七十年代第一春!"结尾是:"我的水平不高,毛著活学活用得不好,检查之中如有不符合毛泽东思想之处,请教导员指正。"中间尽是一片胡说八道,好像是篇批判稿,说什么,宝像的被毁坏,是由于国际帝修反的破坏。说到事情的过程,只有一行字,"可能是我们三人中任何一个弄坏的,斗私批修地说,尤其可能是我。"总之,你看了她的检讨,猜不出她说的是什么。她说:"我把会计室的报纸全翻遍啦。"她又要大许拿他写的来看看,大许不给她。原来邢红上午去找他,他还没有写。我说:"要是写了就拿来看看,别怕,我写的也给她看过。你还信不过我们?"

大许低着头说:"我怎么会?你们对我太好了。你们要看就看吧。"他掏出来递给她。那纸上总共三行字，写得有核桃大小："割破宝像的就是我，我是在盖谷子时用刀子裁席子裁破的，是无意的，请领导上批判教育。检讨人：许得明。"

邢红抬起头微微一笑，说："我早就知道你要这么写！"她把这张纸哧地撕了，扔到河里。她冷笑着说："你为什么要这么写？以为这么写了我们就不受连累？傻！我们都说没记清，你要咬我们一口？还是怕我们以后说出来？你听着，我以后要是告诉除咱们三个人之外的任何人，就是王八！"

我俩都笑了。这么一个女孩子一本正经地赌咒可真好玩。我说："我也是。绝不告诉别人。"

大许皱着眉说："可是我确实撕了宝像。不说，对吗？"

听了这种话，我感到沉重。不管怎么说，我们在向组织隐瞒一个重大问题，这是不可宽恕的。可是邢红说："你多笨哪！明摆着教导员要整你，你还要自己送上门去。"

他听了她的话，低下头去。忽然又抬起头来说："可是你们这么包庇我，是对的吗？"

邢红猛然一伸胳膊，把上衣扬到地上，她站起来，把她苗条的身体投到阳光里去。她扬起头，把披散的头发垂到脑后，眯起了眼睛，双手交叉在胸前说："当然我们是对的。不管怎么说，我相信自己是个好人。你也是个好人，小王也是。至于其他的，我都随他去，要批斗就批斗好了，有什么了不起。"她忽然转过身来说：

"我衣兜里有一份检查,是给你写的,我书包里有纸笔,你抄一份吧。你不要这么提心吊胆的,没什么了不起。我要下水去啦,小王,你去吗?"

我点点头,于是我们下河去了,大许在岸上待了一会儿,就心安理得去抄检查了。我和邢红一起在浅水处奔跑,又到深水处去掏老乡下的鱼篓,看看他们捉了几条鱼,不过我们没拿他们的。我有点迷上邢红了,她显得矫健又玲珑。她真美啊。我开始对她有了一点不寻常的感情。后来我们上了岸,大许已经抄好了他的检查。我们就一起溜回去,谁也没看见我们。等挖渠的人回来,我正手托着头冥思苦想哩。可是我想的是邢红这么帮大许的忙,莫不是爱上他了?这时,教导员来要检查,我就给了他。

教导员把我们的检查看了一遍,勃然大怒。他立刻决定批判我们。吃完了晚饭,他把一些人叫去开预备会,其中有好几个是活学活用的积极分子。开完会回来,他们都绷起脸来不理我们,和别的同学说话也背着我们。有人小声告诉我:要批判你们啦。我心里慌了一下,后来一想,慌什么呢,反正到了这步田地,豁出去了。顶多是"站起来""到前边站着",去听批判。

谁知到了晚上,教导员派了两个人来跟着我,连我上厕所也跟着。平时我跟他们都住一个屋,这会儿耷拉着脸也不理我了。我觉得有点不妙,脑袋后面直发凉。到晚上有人吹哨,叫大家去开会,我看见大许背后也跟着两条大汉。啊哈,会场上点着四盏大汽灯,可真舍得油啊。教导员站到桌前,说:"今天这个会,是批判破坏宝像的许得明、王小力和邢红的大会。把许得明和王小力带上来!邢红在下面接受批判。"我后面的两个人就来推我。我站起来走上去,可是感觉有点腿软。大许也走到前边来。邢红也跟上来了。教导员对她一瞪眼说:"谁让你上来的?"她说:"批判我们三个人嘛,我当然上来。"教导员冷笑一声:"好啊!"他大喝一声:"你们面向群众,低头!"

面向群众倒不怕,低头可是低不下去。教导员大吼一声:"把许王捆起来!"跟着我的两个人立刻就来扭我的胳膊,我拼命挣扎。真想给那两个家伙一人一拳,还是同学呢。可是我不敢打人,只把双手捏在一起,不让他们把我的手扭到背后。我听见大许使劲地喊:"啊……!!"底下老职工乱起来,有人叫:"是些小娃娃嘛,捆起来干哪样?"折腾了半天,教导员扑过去帮着捆大许,结果把大许捆起来了,我呢,还没捆上。我也不知哪儿来的劲,简直邪性,双手握在一起,三四个人都弄不开。教导员来看了看,说一声"算了",于是就开会。可是邢红站到他面前说:"你也把我捆起来!你捆!"我们那儿批判会常常捆人,可还没捆过女的呢。教导员不敢动手,就叫女知青来"押住"邢红,果然就有两个积极分子上来扭住了她的胳膊。教导员回头来看我,我冲他瞪大眼睛,他又叫人来捆我,这回我让他们捆了。那硬邦邦的竹壳子捆住手腕疼得要命,绳子往脖子上一扣马上就透不过气来。这会儿下面的人走散了一半，我们队长也不见了。发言的人一个接着一个，说我们是"知识青年的败类"等等。正在批判，队长跑来说："团部指示，这个会不能开，尤其不准捆人，叫先把人放了。"教导员刚要瞪眼，队长说："政委说了，这个事你要负责任。"教导员立刻软了下来，不得不宣布散会。

根据团里的意见，毁坏宝像的事情是无意的，不予追究。捆打知识青年一事教导员要道歉，受害者也不要上告，事情就这样两拉倒。

当晚，我和大许坐在床上根本不想睡，气得脑门子发胀。细细一想，斗我们捆我们的全是自己的同学，为了什么呀，不过是为了给教导员留个好印象，以后能在讲用会上说说他们怎样站稳了立场，然后到团里当个文书、干事之类，写些狗屁不通的报告。为了这个背叛我们，值得吗？

熄灯时，我们屋那两个家伙回来了，怯生生地轻手轻脚地溜进门来，悄悄地坐在床上。我一下子站起来，大喝一声："你们两个搬出去！别跟反革命住在一块！"有一个小声说："王哥，别赖我们。我们也没法子。"我的野性发作起来，大吼一声："滚出去！快滚！"接着把他们的东西全都扔了出去，他们两个不敢再说什么，忍气吞声地捡起东西走了。

邢红也不和同屋的女生说话了，还拌了两句嘴。我和大许知道以后，第二天上工的路上毫不留情地骂那个女生。我们简直丧失理性了。我们两个叉着腰骂她是"走狗",是"马屁精""缺德鬼",骂得她捂着脸哭了一整天。其实我们本不至于骂出这样的话,可是我们一想起那天晚上她在会场上撅邢红的胳膊,还揪她的头发,就气得要命。她要是个男的非挨我一顿打不可。大许不会打人,他只会在别人打他的时候还手,可是我那些天像个野人一样,邢红说我在地里干活时都斜着眼看人,一副恶相。

这事过去之后,有些家伙开始在背后给我们造起种种谣言来。队里风言风语地传说我们有什么生活问题。这种话使邢红很伤心,可是她从来也没对我们提起过。我们也不好和她说这个,只是以后我们益发形影不离,就连吃饭她都要端着碗到我们屋里来吃。在地里干活休息时,不论时间多短,她也要来和我们一起坐一会儿。和我们在一起时她显得迷人,她对我俩都好。她箱子里有很多书,晚上我们就读书,哪儿也不去,就是连里开批判会我们也只当不知道。后来她索性把脸盆漱口杯都拿过来了,弄得我们的懒觉再也睡不成,因为天一亮她就来敲门,说:"快起来!我要进来啦。"中午我们睡午觉的时候,她就在我们屋洗头,洗好头以后就静静地坐下来看书。只有晚上睡觉才回她屋去。

我和大许都爱她,可是我们都不想剥夺了她给别人的一份爱,因为她似乎同样地喜欢我们两个人。

我到现在还记得我们三个人在一起度过的愉快时光。我们那里的旱季天特别长,由于是农闲,收工又早,我们回来时天还很亮呢。大许去水井打水,我把我俩的脸盆和毛巾拿到走廊上来。他把水打回来了,我们在门前脱成赤膊,洗去身上的泥巴,这时我们可以听见屋里的溅水声。我们洗完以后就坐在门前的小板凳上。这时她就在屋里说:"大许,小王,你们洗好啦?""啊。""你们别进来,我还没好呢。"她从来不插门。等到她说"好啦",我们就走进去。她坐在窗前的床上,嘴里咬着发卡。我说:"我们干什么?"

"看书吧。把我的书箱子打开。"

她有好多书,有她带来的,还有她借来的,还有人家送给她的。她穿着我的拖鞋走过去把门打开,让黄昏的阳光照进屋来。她喜欢躺在床上看书,用一块塑料布垫在枕头上,免得湿头发把枕头弄湿。她还有很多孩子气的小毛病,看书的时候会用脚趾弹出橐橐的声响。开饭钟打响的时候,她有时会发起懒来,当我们收拾起饭盒,对她说:"小红,起来!去吃饭。"这时候她会轻轻地一笑:"我不想起来。你们给我打来吧。"我们说:"你太懒了。我们今天不想侍候你。"她会说:"那我还给你补袜子了呢!我还给你洗衣服了呢!"我们就说:"我们这是为你好,你要得懒病啦。"她慢慢坐起来,然后又躺下去。"不会的,少打一次饭得不了懒病。再说我比你们都小,你们应该让着我。"于是我们就让着她了。

吃完饭,天开始暗下来,她还是躺在床上看书,过一会儿她会忽然欠起身来问:"大许,你看什么书呢?"大许告诉她,她说:

"噢。"然后躺下去,再过一会儿她又来问我,我也告诉她。她也许会高兴地继续说下去:"噢,是肖。你喜欢他吗?"我说:"挺细腻的,不过还是不喜欢。""哎呀,我可喜欢他呢,那老头可精啦。"要不然就会莫名其妙地说:"喂,喂喂!你们俩都别看书啦。问你们,喜欢杰克·伦敦吗?"我们这样的毛头小伙子哪会说不喜欢。她说:"他太野蛮啦。人应该会爱,像好人一样。对!我不喜欢。"我反唇相讥:"你是小姑娘。你别傻啦。"她会高高兴兴地说:"对啦,我是小姑娘。"说完了就不做声了。

天黑到在屋里不能看书时,我们就都到门外去坐。有时候一声不响,看着天边一点点暗下去,对面傣寨里的竹梢背后泛出最后一点红色。有时候她会给我们讲小时候的一些琐事,她讲得特别有意思。她讲她有一次和哥哥爬上屋顶去摘桑葚,那是一座西式的房子,尖尖的洋铁皮顶。哥哥上树去了,让她坐在屋顶上等着,可是她往下一看,高极了,足有七层楼高——那是两层楼,不过她才四五岁,当然觉得高。于是她反过身来往上爬,越爬就越打滑,一直滑到离房檐不远的地方,吓得她一动也不敢动,大哭起来。晚上回家以后,衣服上剐破的窟窿叫妈妈看见了。不管妈妈怎么问,她也没说出哥哥来。她骄傲地说:从那时我就感到,大人的话有时可以不听,应该正直,不出卖人,这比听话重要得多。她还讲过别的一些小事儿,我们都很爱听。她说困难时期,她的同桌家里孩子多,总是吃不饱。她每天给他带一个窝头。可是后来上中学以后他就忘了她,见了面也不理了。我们都知道这是为什么。嘻,我们上中学时也不敢和女同学来往,为了做个正派人。总之,我们渐渐发现她是个特别好的女孩子,她什么也不怕。她本能地憎恶任何虚伪,赞美光明,在我们困惑的地方,她可以毫不费力地指出什么是对的。我觉得她比我们俩加起来还聪明得多。

因为我们三个人形影不离,大家渐渐把我们看成怪人。他们看见我们一起走过来都带着宽容的微笑。他们还是喜欢我们的。有一次我远远听见几个老职工说:"三个挺好的孩子,都是教导员给害的。"原来他们认为我们得了某种神经病。后来我告诉大许和小红,他们都觉得好笑。不管怎么说,我们愿意在一起,让他们去说吧。

后来队长派活也把我们三个派到一块,通常都是三个人单独在一块干活。可是有某种默契,就是我们必须不挑活。开头是让我们三个去田里把稻草拉回来。我们赶着三辆牛车。一般女同志不适合赶牛车,因为牛有时候会调皮。可是邢红赶得很好。我们赶上车到地里去。旱季的天空是青白色的,地平线上白茫茫,田野里光秃秃。太阳从天上恶狠狠地晒下来,连一片云也没有。稻草干得发脆,好像鸡蛋壳一样。我们往车上扔稻草的时候,邢红站在车顶上接着。她穿着我们的破衣服,衣服显得又大又肥,她的样子好玩极了。我们把稻草捆拼命地往上扔,一直扔到她抱怨起来:"慢一点啊!"等我们停下手来,她就趴在稻草上笑着说:"你们真伟大，不过还是慢一点。"如果我们再快扔，她就躺下不动，直到我们扔上去的草把她埋起来，她才从草里钻出来，飞快地把草码好，还高兴地喊："来吧，我不怕。我比你们快！"然后我们就拉着三个稻草垛回去。我们运的稻草比六辆车运的都多。

后来草运完了，队长很满意，说："如果知青都和你们一样，我们可以多种一千亩地。"可是他又让我们去出牛圈，他说："你们可以慢慢干，让邢红在外边干点杂活。牛圈离家近，你们可以自己安排时间，什么时候干都可以。"

我们队的牛圈有好几年不出了。那是一间大草棚，有一个篮球场那么大。因为从来不出粪，也不垫草，简直成了个稀屎塘，大牛下去淹到肚子，小牛下去可以淹死，真够呛。我们去看了一下，我说："邢红别下去了，留在外边吧。"

她说："我不在外边，我要和你们在一起。"

我进去探探深浅，牛粪一直淹到我大腿上半截。我们拉来一头顶壮的水牛，驾上一套拖板，邢红在前边拉牛，我们两个在后面压住板梢，把那些牛粪从圈里拖出来晒。哎呀，那些粪真是骇人听闻，说起来你都不信。那头该死的牛拼命地甩尾巴，溅起来的粪总打到人脸上。每当我们从牛圈里推出一大堆粪来都要到水沟里洗洗脸，邢红的头发里也溅上了。这里太脏了，我们连话都顾不上说。连那条该死的牛出来以后都不肯再进圈，总要做一些古怪花样才肯进去。我们连中午饭也没吃，弄到下午三点钟，那条牛一下跪下不起来了。邢红大叫一声:"我也受够了!"她骑到牛背上说:"走,牛,咱们到河边游泳去。"那牛腾的一声跳起来,飞快地朝河边跑去了,快得让我们两个死追也追不上。我在后边一边追一边喊:"小红!你勒着点鼻绳呀,别摔下来!"她在牛背上说:"你别怕,我摔不下来。"她哈哈地疯笑起来。水牛背又宽又滑比马难骑多了,那牛跑得比马还快,可是她居然没有摔下来。到了河边,那牛一头蹲下水去,她也从牛背上翻下来摔到水里了。可是她马上又跳起来,在齐腰深的水里朝上游跑过去,最后弯腰一头扎到水里。等我们跳到水里去的时候,她在上边大叫:"我已经洗干净了,你们快好好洗洗。"

后来我们在沙洲上坐在一块,她全身水淋淋的,衣服都贴到身上,头发披在肩上。她哈哈笑着说:"多棒啊!我觉得妙得很。"

那地方河水分成两股,围绕着一个小岛,牛跑到岛上吃草去了,小红很高兴,她喘过气来以后又到水里去,还和我们打水仗,后来就坐在沙滩上让太阳把衣服晒干。坐了一会儿,她躺在沙滩上,两眼看着天空,说:"天多蓝啊。我有时觉得它莫名其妙。我觉得,我是从那里来的,将来还要消失在那里。"她有点伤感。我们也伤感起来。我们想到,总有一天,我们也会消失在自然的怀抱里,那个时候我们注定要失去小红了。还有,也许我们注定永远在这里生活了。哎,这世界上我们不知道的事情太多了。可是她悄悄地坐起来说:"不管到哪里,我只要做一个好人,只要能够做好事,只要我能爱别人并且被别人爱,我就满足了。大许,小王,你们都喜欢我吗?"

我们都说:"喜欢。"我们目不转睛地注视着她。斜射的夕阳把她飘扬的头发,把她的脸,把她的睫毛,把她美丽的胸和修长的身体都镀上了一层金。她很美地笑了。她说:"我喜欢你们。我爱你们。"我们静了一会儿,她忽然高兴地笑了:"好啦,我教你们唱一支歌吧。一个好歌,古老的苏格兰民歌。"

她教我们唱了《友谊地久天长》。以后我们常在一起唱这支歌。她后来又教给我们好多歌,但是都没有这支歌好。我和大许都是音盲,除她教给我们的歌就不能把任何歌唱好。

后来我们都觉得饿了,就把牛找回来,赶着它回家了。

第二天我们又去出牛圈,这一回牛粪浅了。我们三个驾起三套拖板一齐把牛粪推出去。牛还是甩尾巴,甩得粪点子横飞。三条牛尾巴弄得人走投无路。后来小红用一根绳子把牛尾巴拴起来,它就再也不能甩了。可是牛被拴住了尾巴觉得很不受用,走起路来大大地又开后腿,怪模怪样的。被拴住的尾巴拼命扭动着,好像一条被钉住的蛇。我们大笑起来,也把我们的牛这么拴住。于是三头牛跨着不稳定的舞步走来走去,我们都觉得很好玩。邢红还温存地对它们说:"牛,对不起你们。牛,等一会儿带你去游水。"

到下午我们三个就骑上牛到河里去玩。邢红还带了米和锅,我们在河边做饭吃。吃完了饭,我们坐着看傍晚的云彩,到天黑才赶牛回去，为的是让它们多吃点草。可是第二天我们去拉牛，那三条牛都惶恐万状地躲开我们。小红很伤心，以后她就不拴牛尾巴，我们也不拴了。后来牛又和她好了。牛会悄悄走到她面前来，她就轻轻地摸摸它们的鼻子。她对我们说她很喜欢水牛，喜欢它们弯弯的角、大大的眼睛，还喜欢凉荫荫的牛鼻子。她说牛的傻样很可爱，可是我就看不出来。

我们把牛圈出好，队长又派我们到镇上去拉米，后来又让我们三个去放牛。从来也没见过让女孩子放牛的，不过因为可以和我们在一块，她便毫不犹豫地答应了。

我们一起去放牛。早晨的雾气刚刚散去我们就赶着牛到山上去，带着斗笠和防雨的棕衣，还带着米和菜。我们跟在牛后面走着，小红倒骑在最后一头牛背上。我们商量把这些牛赶到哪儿去。小红忽然高兴地挺直身子，拍打着牛背说："到山里边小树林去，那儿可好啦。"牛向前一窜，把她扔下来了。我们赶紧搂住她。她和我们一起笑了，然后说："到小树林去，到小树林去！那儿有好几个水特别清的水塘，我顶喜欢那儿啦！那儿草也好，去吗？"

她这么说好，我们怎好说不去。到了山底下，牛群争先恐后地往陡陡的山坡上爬，简直比打着走得还快。爬上第一个山坡，我们并肩站住往山下看：整个坝子笼罩在淡淡的白色雾气中，四外是收割后的黄色田野，只有村寨里长满了大树和竹子，好像一座座绿色的城堡。起伏的山丘到了远处就忽然陡立起来，上面长满了树,黑森森的,神秘莫测。在寂静的小山谷中,有一片密密的小树林,那就是小红要去的地方。这里的天空多么蓝啊,好像北方的初秋一样。小红往我们脸上看了看,笑了一下说:"嘿,走吧!"

牛群早就冲到山谷里去了,我们追上去。接着,我们必须分开了。我到左边的山坡上去,大许到右边的山坡上去,小红留在后面,为的是不让牛群走得太散。其实牛只要看见这边山上有人,自然就不会过来,把小红留在后面也是多余的,因为没有一头牛会掉头回去的。牛都散开了,一心一意地吃草,慢慢地朝前去。我坐在一棵孤零零的小树下,我也是孤零零的一个人。大许隔得很远,小红也隔得很远,他们看起来都不过一粒豆子那么大。我倚着小树,铺开我的棕衣坐着,面对着蓝蓝的天空和白白的、丝一样的游云,翠绿的山峦,还有草地和牛,天地是那么开阔。

我半躺着,好像在想什么,又好像什么也没有想,我忽然觉得有一重束缚打开了:天空的蓝色,还有上面的游云,都滔滔不绝地流进我的胸怀……我开始倾诉:我爱开阔的天地,爱像光明一样美好的小红,还爱人类美好的感情,还爱我们三个人的友谊。我要生活下去,将来我要把我们的生活告诉别人。我心里在说:我喜欢今天,但愿今天别过去。

这时我听见小红在叫我,我看见她跑过来,披散的头发在身后飘扬。她穿着我们的旧衣服,可是她还是那么可爱,好像羚羊那么矫健。她一个鱼跃扑在我身边,然后又翻身坐起来。她喘吁吁地说:"哎呀,好累。往山上跑真要命。"

我笑着说:"小红,出了什么事?"

"没事,来看你。"她转过脸来,慢慢地说,"你一点也不需要人来看吗?"

她蜷起腿来坐着,说:"我一个人坐着有点闷呢,你就不闷吗?"

我说:"不闷,我很喜欢这么坐着。我喜欢。你看,从天上到地下都多么可爱呀。"我转过身来,看见她正笑着看着我,她说:"你越来越可爱啦。"

我有点不好意思地低下头去,可是她满不在乎地哼起一支歌,接着就躺在我身边了。

我觉得紧张,就往前看。后来听见她叫我,我转过身去,看见她躺在草地上,头发散在草上,她很高兴。她的眼睛映着远处的蓝天。她说:"你和大许怎么啦?"

我说:"我们怎么啦?"

她笑了。她在草地上笑,好看极了。她说:"你们两个好像互相牵制呢。不管谁和我好都要回头看看另一个跟上来没有。是不是怕我会跟谁特别好,疏远另一个呢?"

我辩白:"没有。"其实是有这么回事的。

她一本正经地说:"你们别这样了。我不会喜欢这一个就忘了另一个的。你们两个我都喜欢。你们都来爱我吧,我要人爱。"

我也很高兴。她又说:"将来咱们都不结婚,永远生活在一起。"

我也像应声虫一样地说:"不结婚,永远在一起。"

她又规规矩矩地坐好,用双手抱着膝头,无忧无虑地说:"多好呀,和人在一起。"一转眼她就站起来跑开了,跑出了树荫,她的头发在阳光下闪着光。我对她喊:"你去哪儿?"

她高高兴兴地回答:"我去看大许!"

她像一只小鹿一样穿过牛群,一直跑上对面的山坡,头发飞扬。她真可爱,她说的一切都会实现的,我想。

到中午牛都吃饱了,甩着尾巴朝前走起来,越走越快,渐渐地汇成群。我们三个人又走到一块来啦。我们跟着牛走,小红还嫌牛走得太慢,拾起土块去打牛。我们唱起歌来。后来就走到小树林了,牛开始往前疯跑,大概是闻见水味了。我们怕它们跑远了,也加快脚步抢到前边去,大许向左我向右。小红跑了一上午,再也跑不动了,她在后边喊:"小王,大许,去给咱们占个好地儿啊!别叫这些该死的把水塘全占了!"我冲进小树林,找着一个又深又清的水塘守住,把来的牛一律打开,轰到小水塘和泥坑里去。过一会儿小红和大许都来了。小红笑着说:"这些该死的全下了塘啦。咱们没事儿了。乌拉!我们来做饭!"

我们来到的地方真好,草地上疏疏落落地长着小树,上游下来的小溪在树林中间汇成一个又一个池塘,我挑中的这一个简直可以叫做小湖呢。我们在树荫下边的一个小干沟里支起锅来,把我们的棕衣在一边铺好。小红从书包里拿出一块腊肉,她笑着对我们说:"上回赶街子我买的。我们今天来吃吧。"我们三个人的工资都交给她管,我和大许就真正不问阿堵物了。可是钱一给了她我们就老有钱,再也不会捉襟见肘了,这真是一件奇怪的事情。吃完了饭,我和大许就跳下水去游泳,小红跑到树丛里换衣服。她在树林里大喊大叫:"喂,水好吗?水里好吗?"水特别凉,可真是从森林里流出来的。我们说:"好,好极啦!你快来吧!"一会儿她蹦蹦跳跳地走出来,穿着她的红色游泳衣,嘴里喊:"我来啦!我来了!"她一下跳到水里,马上又探出头来说:"嘿!可真要命,这水可真凉。"她高兴地仰泳起来,中间的水清得发黑。她游到中间时我们可以看见她发白的小脚掌在一蹬一蹬的,她喊:"你们游泳没我游得好!不信你们就追过来,比比看。"

我们迅速地游近她,她一下子潜到水下去了,我也潜下去。啊呀,这个塘底下准有泉眼,寒气刺人。我简直就下不去。我在水里睁开眼睛,看见她在我下面游,可是我捉不住她,我就回到水面上来,我和大许焦急地往水下看。后来看见一个人影飞快地浮上来,我们就游过去,等她一蹿出水面就从前边捉住她。她的身上像鱼一样凉。她噗噗地出着气,在水里跳了几下说:"嘿,底下可真凉,我身上都起鸡皮疙瘩了。我还给你们捧了一捧底下的水来,叫你们一捉全洒了。你们怎么不下去玩?"我说:"水太凉,冷得死人。你也别下去了,会抽筋的。"她噘起小嘴说:"你又来吓唬人，抽筋我也淹不死。"她又往下潜，出来的时候神秘地对我们说："喂，底下有大鱼呢！就是滑溜溜的，不好捉。你们等着，我捉条鱼晚上吃。"我说："你得了！水里的鱼手可捉不住，滑着呢。"她歪起头来一笑，说："真的吗？我偏要试试。"她在水里穿着小小的红游泳衣，好像水仙女一样。我和大许游开去上岸晒太阳了，她还在水中间潜水，她真是疯得没底啦。一会儿说："差一点没捉住！"一会儿："这次没碰上！"我和大许对着她笑，因为她那么高兴。后来她下去好长时间才上来，她还在水下我们就发现她上来得慢，动作不正常，我看大许，他也变了脸色，我们赶快下水朝她游去。果然她一露出水面就用手乱打着水说："我抽筋啦！你们快来救我呀！"我们吓得眼睛都要瞪出来了，只恨爹妈没多生出几条腿来打水。可是她还笑："你们吓得龇牙咧嘴啦！别害怕，我不会立刻就沉下去的！"可是我们紧张得心都跳坏了。等我们游到跟前，她蹿起来，用双手勾住我们的脖子，她又笑又咧嘴，一会儿说："你们拖我上岸吧。"一会儿说："啊呀，腿痛死啦！"我们可一点开玩笑的心情也没有，转过身去就朝岸上游。她架在我们脖子上，一点也不介意地把高耸的胸脯倚在我们肩上，还说笑话："哎呀，这可真像拉封丹的寓言！两只天鹅用一根棍把个蛤蟆带上天……不对，你们在游蛙泳，蛤蟆是你们！"

我们可一点开玩笑的心思也没有。我们拖着她一点也游不快！

为了抵消她浮在水上的上半身的重量,我们几乎是在踩水,哪能游得快呢。她仍是高兴地说个不停,急得我喝了好几口水呢。等到我的腿一够到水底,我就在她背上啪啪地打了两下,说:"你这坏蛋!大坏蛋!"大许伸手给她理头发,也说她:"你吓死我了!"她噘起嘴来。我们俩把她从水里抬上来,放到棕衣上。这时我们的腿都软了,百分之九十都是吓的。她喊"抽筋了"时我们离她还有七八十米呢,我都不知怎么游过去的。在把她拖上水来之前我心里一直是慌的。我真想多打她几下,让她再也不敢。我去给她捏腿,她不高兴地说:"你们对我太凶了!"我抬起头来一看,她噙着泪。她又说:"你骂我坏蛋时,哑着嗓子野喊。我怎么啦?"她小声抽泣起来。

我们都低下头去。后来我抬起头来,小声说:"你不知道吗?我们太怕你淹死了。我看见你出了危险,吓得手都抖起来了。"

她噘着小嘴看我们,眼睛里有好多怨艾。看看我,又看看大许,后来眼睛里的怨艾一点一点退去了,再后来她阴沉的小脸又开朗起来。她忽然笑了,伸手揩去眼泪,眼睛里全是温情,她说:"你们,你们这是太爱我呀。"我们俩点头。她顽皮地笑着说:"你们过来。"等我们蹲到她身边时,她猛地坐起来,用双臂勾着我们的脖子,她的额头和我们的额头碰在一起,她的眼睛闪闪发亮,说:"我也爱你们。你们对我太好啦!"她把我们放开,说:"我以后听你们的话,好吧?快去看看牛吧。"

我们赶快穿上凉鞋去找牛,牛已经走得很散了,好不容易才把它们赶回来。我们赶着牛回来时她已经站起来了,一瘸一拐地要来帮忙。我冲她喊:"你别来啦,我们两个人够了。"她就拿起衣服一瘸一拐走到树林里去换。后来她出来,我们拉来一条牛让她骑,大许把东西收拾起来,我赶着牛慢慢地朝回走。牛吃得肚皮滚圆,一出树林就呼呼呼地冲下山去,直奔我们队,也不用赶了。就这样到家天也快黑了。队长在路口迎着我们,他笑嘻嘻地说:"辛苦了!牛肚子吃得挺大。你们把牛赶到晒场上圈起来吧,牛圈叫营部牛帮占了。"

我们就把牛赶到晒场上去。晒场有围墙,进口处还有拦牛门,是为了防牛吃稻谷的。晒场北面是凉棚,头上有一间小屋,原是保管室,后来收拾出来,供教导员来队住。我们把牛赶进晒场,忽然发现北边空场上有汽灯光,还有一个公鸭嗓在大声大气地说话。教导员来啦。我们站在空凉棚里,不由得勾起旧恨:这就是我们当初挨斗的地方!我和大许走到教导员住的屋门前,一推,门呀的一声开了。划根火柴一看,哼,他的床铺好干净。我知道有几个女生专门到他屋里做好事,每天他回来时屋里都收拾得干干净净。现在就是,床铺收拾好了,洗脸水也打来了,毛巾泡在水里,牙膏也挤在牙刷上了。我和大许笑着跑出来。小红走过来问:"怎么啦?"我们告诉她,她也笑起来。忽然她心生一计:"我们也对教导员表示一下敬意,对!我们拣两头肚子吃得最大的牛赶到他屋里去。"

我们俩一听，憋不住地笑。可真是好主意，他的门又没插，牛进去就是自己走进去的。我们找了两头吃得最饱的牛。啊，这两个家伙吃得肚子都要爆炸了，那里边装的屎可真不少啊！可以断定两个小时之内它们会把这些全排泄出来，我猜有两大桶，一百多斤。我们把它们轰起来，一直轰到小屋里。不一会儿，我们就听见屋里稀里哗啦地乱响起来，简直是房倒屋塌！后来就不响了。我猜它们在那么窄的房子里不太好掉头，它们也未必肯自己走出来。我们都走了，回去弄饭吃。吃完了饭我们坐下来聊天，还泡了茶喝，就等着听招呼。可是教导员老说个不停，我们都挤到窗口看他。会场就在我们门前。我们数着人。一会儿溜了一个，一会儿又溜了一个，一个又一个，溜了一半啦。教导员宣布散会，他也打了个大呵欠。我们看见他转过屋角回去了。大许说："好呀，这会儿牛把屎也拉完了。"我们就坐下等着。过了一会儿，就听见远远的教导员一声喊叫。他叫得好响，隔这么老远都能听见。我们三个全站起来听，憋不住笑。后来就听见他一路叫骂着跑到这边来，他说："谁放的牛？谁放的牛？怎么牛都关在场上？"

我们三个推开门跑出来站在走廊上，小红说："我们放的牛。怎么啦？教导员。"

他一跳三尺高，大叫起来："牛都跑到我屋里来了！谁叫你们把牛关在场上的?"

我们七嘴八舌地说:"牛进屋了?那可好玩啦!""你怎么没把门锁上呢?""牛是冯队长叫关在场上的。牛圈叫营部牛帮占了!"后来我们仔细一看,教导员的额头上还有一条牛粪印,就哈哈大笑起来。教导员大骂着找队长去了。小红大叫一声:"去看看!"她撒腿就跑,大许也跟去了。我把我们的马灯点上,也跟着去了。

啊哈,教导员屋里多么好看哪!简直是牛屎的世界!那两个宝贝把地上全拉满了,连个落脚的地方也没有。牛尾巴把粪都甩上墙了!桌子也撞倒了。煤油灯摔了个粉碎,淹没在稀屎里,脸盆里的水全溢出来啦,代之以牛屎,毛巾泡在里面多么可笑啊!教导员挂在墙上的衣服、雨衣、斗笠全被蹭下来了,惨遭蹂躏,斗笠也踏破了。我们站在那儿笑得肚子痛,小红还跳起来拍手。一会儿教导员拉着队长来了,他一路走一路说:"你来看看!你来看看!我进屋黑咕隆咚,脸上先挨了一下,毛扎扎的,是他娘的牛尾巴!我还不知是什么东西,吓得我往旁边一躲,脚下就踏上了,稀糊糊、热乎乎的,这还不够吓人!屋里有两个东西喘粗气!我吓得大喊一声:谁!!这两个东西就一头撞过来,还亏我躲得快,没撞上。冯队长,这全要怪你,你怎么搞的!"

队长一路赔情,到屋里来一看,嘻!他也憋不住要笑。他说:"小王、小许、小邢,快帮教导员收拾一下嘛!"我们不去收拾,反而笑个不住。小红说:"队长,又要派我们出牛圈哪!我们干够了!"于是我们笑着跑开了。

唉,这都是好多年以前的恶作剧了,可是我记得那么清楚。我常常一个细节一个细节地回忆,一切都那么清晰。我那时是二十一岁,大许和我同岁,小红才二十岁。人可以在那么年轻时就那么美,那么成熟,那么可爱。她常说她喜欢一切好人。她还说她根本分不清友谊和爱的界限在哪里。她给我们的是友爱:那么纯洁、那么热烈的友爱。她和我们那么好,根本就不避讳她是女的、我们是男的。我们对她也没有过别的什么念头。可是她给我们的还不止这些。我回想起来,她绝对温存,绝对可爱,生机勃勃,全无畏惧而且自信。我从她身上感到一种永存的精神,超过平庸生活里的一切。

我们都学会了她的口头禅:管牛叫该死的,管去游泳叫去玩呀,她还会说:嘿,真要命。或者干脆就说:要命。她的记性好极了,看书也很快。有时候她和我们讨论一些有关艺术哲学的问题。我发觉她想问题很深入,她的见解都很站得住。她爱艺术。她说:"有一天我会把我的见解整理出来的。"可惜她没有来得及做这件事。她病了。

有一天中午,我们在屋里看书,看着看着她把书盖在脸上。我们以为她睡了,于是蹑手蹑脚地走出去。过了半个小时,上工哨响了,我们回来。她把书从脸上拿起来,我发现她脸色不好看,而且眼睛里一点睡意也没有。我问她:"小红,你怎么啦?你气色不好。"

她说:"我看着看着突然眼花起来,觉得脑后有点凉。大概是这几天睡得少了吧。"

我说:"那你不要去了,倒半天休吧。"她说:"好。"就让我去和队长说。下午我们回来的时候看见她高高兴兴地坐在走廊上给我们洗衣服,还说:"你们到屋里去看看。"

我们进屋一看,她把屋里的布置改了,还把我们的一切破鞋烂袜子全找了出来,可以利用的全洗干净补好了。屋里也干净得出奇。她悄悄地跟了进来,像小孩子一样欢喜地说:"我干得棒吧?"

我说:"很棒!你睡了没有?"

她笑着说:"睡了一个小时。然后我起来干活。"

大许说:"你该多睡会儿,等我们回来一块动手那要快多啦!你好了没有?"

她说:"我全好啦,我要起来干活。我是劳动妇女。"

我们觉得"劳动妇女"这个词很好玩,就笑了半天,以后有时就叫她劳动妇女。可是当天晚上她又不好,说是"眼花,头痛"。我一问她,原来这毛病早就有了,只是很少犯。于是我们叫她去看病。星期天我们陪她到医院去,医生看了半天也说不出个名堂来,给了她一瓶谷维素,还说:"这药可好啦,可以健脑,简直什么病都治!"我们买了一些东西回来,走到大河边上,她看见河水就高兴了,她说:"我们蹚过去!"我说:"你得了!好好养着吧!"她笑了。于是我们走过桥去。那座桥是竹板架在木桩上搭成的,走上去吱啦吱啦响,桥下边河水猛烈地冲击桥桩,溅起的水花有时能打上桥来。我走在前面,她在中间,她一边走一边笑嘻嘻地说:"我需要养着啦,都要我养着啦。水真急……"忽然她站住了,说:"小王,你走慢一点!"我站住了。她囊囊地走了几步,一把抓住我肩头的衣服,抓得紧极了,我感觉她的手在抖。我觉得不妙,赶快转过身来扶住她。我看见她闭着眼睛,脸上的神情又痛苦又恐慌。我吓坏了,对她说:"你怎么啦!是不是晕水了?你睁开眼往远处看!"人走在急流的桥上或者蹚很急的水,如果你死盯住下面的浪花有时会晕水,这时你就会觉得你在慢慢地朝水里倒去。这个桥很窄,桥上也没有扶手,有时可以看见在桥头上的人晕水趴下爬过去。我才来时也晕过一次,所以我问她是不是晕水了。这时大许也从后边赶上来,我们俩扶住她,她像一片树叶一样嗦嗦地抖,她说:"我头疼,我一点也看不见了……你们快带我离开这桥,我害怕呀!我怕……"她流了眼泪。我们赶紧把她抬起来,她用双手抱住头哭起来。过了河,我们把她放下,她躺在草地上抱着头小声哭着说:"我头痛得凶。刚才过河的时候突然眼就花了,眼前成了一大片白茫茫的雾,接着就头痛……你们快带我回家,我在这儿害怕,我心里慌。"

我赶快抱起她往家里跑,她一路上抱着头,有时她又紧抱住我,把头紧贴在我胸前,她不仅痛苦,而且恐惧。看见她跟痛苦与恐惧搏斗,我们都吓坏了。半路上大许替换了我,她一察觉换了人就恐慌地叫起来:"你是谁?你说一句话。"大许说:"是我,小红,是我。"她就放了心,又把头贴在大许胸前。

我们急如风火地奔回家,把她放在床上,我奔出去找卫生员。我一拉门她就恐慌地叫:"你们别都走了呀!"大许说:"我在呢,我在呢。"他握住她的手,她才安静下来。

我把卫生员找来,她根本就没问是什么病,就给她打了一针止痛针,小红一会儿就不太痛了。后来她睡了。我们给她打来了饭,可是我们自己却没有吃什么。天很快就黑了。我们给她把蚊帐放下来,在窗上点起了煤油灯。我们又害怕空气太坏,把前后窗户全打开了。我和大许蜷坐在床上,谁也没有睡。这真是凄惨的一夜!我们谁也没说话。窗前经常有黑影晃动,我也没去管它。后来才知道和邢红住在一起的女生发现她没回去睡,就悄悄地叫起几个人准备捉奸。她们准备灯一灭就冲进来,可是灯一直没灭,她们也就没敢来。谢天谢地她们没来,她们要是闯进来,很难想象我和大许会做出什么举动。我们的窗台上放了一把平时用来杀鸡、切菜的杀猪刀,当时我们肯定会想起来用它。要是出了这种事,后果对大家都是不可想象的。

到天快亮的时候小红醒了。她在蚊帐里说:"小王、大许,你们都没睡呀?"

我们走过去问她:"你好一点没有?"

她笑着说:"好一点?我简直是全好了。我要回去睡了。"

我们说:"你别走了,就在这儿好好睡吧,天马上就要亮了。你到底是怎么了?"

她说:"嗐,过河的时候头猛然疼起来了。我猜这是一种神经性的毛病。没什么大不了,你们别怕!"

我不信,说:"恐怕没你说的那么轻巧。你说害怕,那是怎么啦?"

她好半天不说话,后来说:"头疼的时候我心里特别慌,也不知为什么。"她不好意思地笑了一声,然后说:"我有一种不好的感觉……不说啦,不说啦!"

我说:"为什么不说?你的病可能很重。告诉我们,到底是怎么回事?"

她接下去说,说着说着声音忧郁起来:"我感到疼痛不是从外边来的,是从里边来的。也可能是遗传的吧?你别吓唬我了,人家自己就够害怕的啦!"

我们都不做声了。后来大许说:"你应该去看病,要争取到外边去看。一定要把病根弄明白,一定要。"

她说:"没那么厉害,也许是小毛病。干吗兴师动众?我要去看病你们要陪着我。我不去。"

我们说非去不可,不然我们不放心。后来她就答应了,不过说她不要我们陪着去。第二天我们下地,中午回来时她还没去医院,反而起来给我们弄了一顿饭,做得香极了。她拍着手叫我们来尝。可是我们板着脸上伙房打了饭来,不和她说话,低头吃起来。她不高兴了,说:"你们不吃我做的饭呀?"

我白了她一眼说:"叫你去看病,谁叫你做饭?说好的事情你不干。"

她愣了一会儿,就哭了:"你们怎么啦?这么对付我?人家下午去看病就不行吗?我比你们小,我是女孩子,你们就这么对付我呀……"

我们赶快把饭盆放下过去哄她,后来她不哭了,后来又笑了。她噙着眼泪说:"我一定去看病,可是你们一定要吃我做的饭。我做得得意极啦!你们要是不吃我就不去看病,就不去!"

于是我们坐下一起吃她做的饭,她又说:"以后不带这样的啦,两个人合伙给一个人脸色看。"

我说:"为了你好还不成吗?"

"不成,就不成。你不知道吗?你不管叫别人做什么事,不光是为了他好,还要让他乐意。这是爱的艺术。要让人做起事情来心里快乐,只有让人家快乐才是爱人家,知道吗?"

我们俩直点头。我们把她做的饭大大夸奖了一番,而且是由衷地夸赞,她高兴了。下午上工前我们把她送到桥边。收工的时候她已经回来了,坐在走廊上,刚洗了头,看样子很高兴。

我们问她："查出什么病了吗？"

她说："可以说查出来了。俞大夫给我看的，她说很可能是青光眼，让我去眼科看。眼科张大夫出差了，家里只有个转业大夫，我听人说他在部队是个兽医。他给我看了半天，什么毛病也没看出来，给了我一大堆治青光眼的药。我就先用这些药吧。"我们以为这就是正确的诊断，就放心了。

大夫给她开了假，她就在家里休息。我们去干活，她在家里给我们做家务事。可是她的头痛病用了青光眼的药一点不见好，反而常犯，她渐渐地也不太害怕了。等张大夫出差回来我们又陪她去看，张大夫马上就把她的青光眼否定了，又转回内科。内科看不出毛病来，就让她住院观察，她简直是绝对不考虑。我们说破了嘴皮，举出一千条论据也说服不了她。最后我们提出威胁：如果她回去，我们谁也不理她；又许下大愿：如果她留下，我们每天都来看她。经过威胁利诱，她终于招架不住了，答应住院，不过要我们"常来看她，但是不要每天都来"。我们留下她，回去了。每天下工以后我们收拾一下，就到医院去看她。我们那儿到医院有八里路，四十分钟可以走到。她看见我们很高兴，有时候还到路上迎接我们。有时候下午她就溜回来在家里等我们，做好了饭，躺在我床上看书。她老说她不愿意住院，她想回来就不走了，可是我们当晚就把她押送回去。星期天她是一定要溜回来的。不过她的病可越来越坏，她的头痛发作得越来越频繁，面色越来越苍白，人也瘦了。她还是那么活蹦乱跳，可是体力差多了。我们心里焦虑极了，我们俩全得了神经衰弱，一晚上睡不了几个小时。我们什么书也不看了，只看医书。医院的大夫始终说不清她是什么病。

有一天我看到她呕吐，我马上想到，她患的是脑瘤。我问她吐了多久了，她说：吐过两三次。我马上带她去找俞大夫，说："她最近开始呕吐，会不会是脑瘤？"俞大夫说："不会吧，她这么年轻。"我说："大夫，她老不好，这儿又查不出来，好不好转到昆明去看看？"俞大夫假作认真地说："我也在这么考虑。"

小红这次没有闹脾气，她服从了理智。也许她也感到她的病不轻。我和大许到处催人给她办转院手续，很快就办好了。大许去县城给她买汽车票，我和她回队去收拾东西。她打开箱子把换洗的衣服拿出来放到手提包里，有点忧伤地说："我这次去的时间会长吗？"

我说："也许会长的。小红，你病好以后争取转到北京去吧！你以后身体不会像以前那么好了。你应该回家。"

她一把抓住我的手，双眼紧张地看着我说："你们不喜欢我了么？为什么这么说？为什么要我离开？"她眼睛里迅速地泛起泪水。我轻轻拍拍她的肩膀说："你别紧张呀，别紧张。我们也会回去的，我们会找到你。我们三个人会永远在一起生活。"

她想了一会儿，自言自语地说："真的，我病了，我想家。家里有妈妈，有哥哥，他们知道了会想我。这儿有你们。我能离开家，可是离不开你们。你们应该和我一起回我家去。没有你们我不走！"忽然她伏到我肩上痛哭起来："我觉得病重了！也许不会好，也许我会变成个大傻子。"我心里十分酸楚，可是我尽量克制地说："不会，不会。小红在瞎想，小姑娘瞎想，我求她别乱想了，我求她别哭了！"可是她伏在我肩上，纵情地说出好多可怕的想法："我得的很可能是脑瘤。他们要给我开刀，把我头盖骨掀开，我害怕！"她蜷缩在我怀里小声说："他们要动我的脑子，可是我就在那儿思想呀，他们要在我脑子上摸来摸去。弄不好我就要傻了！再也不会爱，也说不出有条理的话，也许，连你们都认不出来。我可真怕……"我听得心惊肉跳，好像这一切我都看见了。我叫她别说了，我说这都不可能，可是泪水在我脸上滚，滴到她耳朵上。她觉察了，跳开来看我。她掏出一块手绢擦掉眼泪，又来给我擦眼泪，她慢慢地笑了，先是勉强地笑，后来是真心地笑。她说："我高兴啦！你也高兴吧。什么事也没有。我有预感，什么事也不会有。我会好好的。高兴吧！"她开始活泼起来，快手快脚地收拾东西，然后快活地说："我刚才冒傻气了，我冒傻气。你什么也别跟大许说。"

后来大许回来，她始终很高兴。第二天我们送她上公路。她高高兴兴地跳上汽车，在里面笑着对我们挥手，还临时编出个谎来，对我们说："大哥、二哥，我很快会回来的！"

我说:"治好病回来。"

她说:"当然,当然,治好病回来。"汽车开动了,她又探出头来喊:"我好了咱们玩去啊!"

我们挥着手追着汽车跑,喊着:"再见,小红!"

她也喊:"再见!再见!"

我们在家里等她来信。我们焦虑不安地等着她的来信。我和大许话都少了。每天我们去干活都感到很不自然,好像少了一只手,或者少了一半脑子。每次回到家里,我都产生一种冲动,要到病房去问候小红,或者茫然地收拾起东西来想到那儿去看她。晚上坐在屋里,我们不看书,连灯也不点。我们在黑暗中直挺挺地坐着,想着小红。后来她来信了,她一到昆明就写了信,可是信在路上走了五天。她说她一到昆明就住进了医院,医院里条件很好。她高高兴兴地把大夫和护士一个一个形容了一遍,然后说,马上要给她做血管造影了,是不是脑瘤做了以后就可以知道。到后来她的字迹潦草起来。她说:"我一个人很寂寞。我很想你们,很想很想很想。有时候我想溜回去,不治病了,又怕你们骂我。要是有可能的话,你们来看我吧!哥哥们,来吧!"她哭了,哭得信纸上泪迹斑斑。最后她又高兴起来,不过可以看出是装的,她说昆明这地方很好玩,医院里也很好玩,让我们别为她担心,她很高兴,病好了就回来。最后她很高兴地写上了"再见"。

我们把信看了又看，忽然我想到我们都有两年没探亲了，可以请探亲假。对了，太棒了！这回教导员也捣不了鬼，探亲假是有条例规定的。我们两个飞奔到连部去请假，队长马上就批了我们俩假。我们马上到营部去办手续，结果碰上了教导员。他拿过队长的条子，阴阳怪气地说："你们都是连里的壮劳动力呀。一下走两个是不是太多？一个一个走吧！回来一个再走一个。"这家伙多缺德！咳呀，去你的教导员！我们一个一个走好了。重要的是要有一个人去安慰我们的小红。我先走，一个月以后回来，大许再去。我们谁也不打算回家，就想到昆明去陪着她。我就要走了，又接到她的信。她抱怨说血管造影好难受啊，然后说脑瘤已经确诊了，只是长的位置不好，昆明的医院不敢动，所以给她转到北京的医院，她已经买好车票，就要走了。她让我们想办法到北京来，她也想到我们可以请探亲假。她说："我想起来啦，你们可以请探亲假！我一想到这个心里就安静多啦。我们一起回家去。"

我赶紧动身。大许写了信交给我。我乘汽车走了。分手的时候关照大许要经常写信。

在路上我遇上一些不顺利：在保山等了两天车，在昆明又买不到直达的火车票。结果用了半个月才到北京。北京当时寒风刺骨。我下了车就直奔小红家：他爸爸、妈妈，还有哥哥都在。他们家看来是个高级知识分子家庭，家里书很多，她爸爸是个秃顶的小老头，人很开通，妈妈也很好。她哥哥挺像她，我一见了就喜欢。

我一下闯进去,他们都吃了一惊,问:"你是谁?你找谁?"

我说:"我是邢红的同学,我姓王,从云南来……她现在在哪儿?"

他们马上就知道了:"噢!你是小王。她常念叨你。小红在医院里,她才动了手术。手术很顺利,瘤子在做切片。请坐吧!我们正要去看她。"

我也没有坐,立即同他们一起到医院去看小红。她脸色苍白,瘦多了,可是一看见我就猛坐起来,高兴地大叫:"小王,你来啦!我等你等坏了。我接到大许的信了,我一直在等你。我动了手术了,我就要好了!"

后来我就天天陪着她,那会儿医院也乱,什么探视不探视的,我每天都很早就来,很晚才走。她的身体渐渐好起来,常常要我陪着她到院子里走动。才来的时候我特别迂,连给她剪趾甲都不好意思,后来我也不怕了。我常常给她裹好大衣,挽着她到院子里去。护士们有时瞎说,说这小两口多好,我们也不理她们。

我走的时候天气开始暖和了,小红的身体也更好了。可是我发现她爸爸和妈妈神色都不正常。但没有放在心上。我懂的事情太少,一点也不知道切片有什么重要性,我只看见她好了。大许又偷偷来信催我回去,他要来。于是我就回去了。小红的哥哥送我上火车,他心情不好。我问他怎么啦,他说是他自己的事儿。我开头一点也没疑心,可是火车开走的时候他忽然扶住柱子痛哭起来。这不由我不起疑。

果然,我回到云南以后,大许正准备动身,我们忽然收到小红一封信。她说她的病重了。病得很厉害,也许不会好了。她说,她感到出了大变故,很可能瘤子是恶性的,它还在脑子里。这真是当头一盆凉水!我们全都呆若木鸡。小红叫大许快点去。我们拿出全部积蓄,还借了一些钱,央求团里开了一张坐飞机的证明,让大许飞到她那儿去。我让大许到了北京马上打个电报来。大许慌慌张张地走了。

大许走后有七八天音信全无!我急得走投无路。晚上睡不着觉,用手抓墙皮,把墙掏破了一大块。第八天大许来了一个电报:已到京小红尚好信随后到。我心里稍稍安定。

后来大许来了信,他说小红开始经常头痛,痛得让人害怕。她已不能吃饭,全靠打点滴维持。有时候眼睛看不见。大许痛心地描写她一看见他怎么像往常一样笑了,高兴地抱住他脖子。她让大许告诉我,她想我想得要命。她说她在昏睡的时候可以听见我的声音。她说她很想很想让我们三个在一起,三个人在一起她死也不怕了。她还说她虽然可以笑,可以说话,可是意识深处已经有点昏乱。她说她怕这种死,从内部来扼杀她。我看了这信差一点疯了。我写信让她、求她、命令她坚强起来,坚持住一点也不退让。我求她拼命去和疾病争夺,为我们三个争夺,一定要保住什么。我说:"千万千万别失望,还有希望。你还年轻,你的活力比十个人的都多。你能胜利,我知道你能胜利。想一想我们还可以永远在一起生活!"

我不记得那些天是怎么过的了。后来大许又来一封信,说大夫试了一种新药,小红好多了,眼睛也可以看清了。她看了我的信,很高兴。她成天和大许说话,说她头疼比以前好了,头脑也清楚了。还说他们两人成天谈论我,小红说我是个最好的人。小红不住地说起我的细节,我是怎么笑的,她说我有一种笑很有趣:先是要生气,嘴角往下一耷拉,然后慢慢地笑起来。她还说我有一种阴沉的气质,又有一种浪漫的气质,结合起来可好了,她特别喜欢。她说我可以做个艺术家。

信的末尾小红写了几个字:"王,我爱你。你的信我很喜欢。我要为咱们三个人争夺。一直要到很久很久以后,你还会叫我小姑娘。"她能写信了!尽管字迹歪歪斜斜,可是很清楚。

我看了信高兴极了。

后来又来了一封信。大许说:小红的病情急转直下,忽然开始昏迷,要输氧气。他日夜陪伴着她。他说他都快傻了,他的字迹行不成行字不成字,有几个地方我看不懂。最后他说:还有希望,只要她活着就有希望,希望很微弱,可是会大起来。医生说没希望,可他们是瞎说。

过了一天大许又来一封信,他说:"昨天她清醒了一会儿,可是什么也看不见,眼前漆黑。我把你的信念给她听,后来她把信拿过来贴在胸前。她说,我要去了。我只为你们担心。要去的人只为留下的人担心,她是什么也不怕的。我求她别说下去,她的声音就低微下去。昨天夜里她很不好,可是她挺过来了。小王,还有希望吗?还有希望吗?"

我简直狂乱了,后来我接到一封信。信里封了一张电报纸,大许写道:"小红已去世。她的最后一句话是让我们节哀。我即回来和你在一起。许。"

我看了这些话发出一声长嚎,双手乱抓了一阵。我感到脑后一阵冰凉。我坐了很久,天黑下来,又亮起来。我机械地去吃饭,又机械地去干活,机械地回家来。我很孤独,真正的哀痛被我封闭起来了,我什么也不想。直到有一天下午大许推开我们的屋门,把夕阳和他长长的身影投进来。

我站起来,我看见大许的头发白了不少,他黑色的头发上好像罩了一层白霜。我扑过去拥抱他。一个阀门打开了。一切都涌上来。我们大哭,然后我们并排坐下来哭泣,小声地啜泣。大许挂着黑纱,他瘦了。他站起来从提包里拿出一个黑漆的小盒子放在我床上。我用眼光问他,他艰难地说:"小红留下遗言,她把骨灰分留给家里和我们。这就是她。"

我感到颈后好像挨了重重一击。我跪倒下来,用痉挛的手指抓住盒子,抚摸盒子。我在哭吗?没有声也没有泪,只有无穷的惨痛从粗重的喘气里呼出来,无穷无尽。

后来我和大许在一起过了两年,就分开了。我们把小红最后几封信分了。他要走了小红的遗骨,把她的箱子和衣物留给我。我们把小红留下的书分开,一人拿了一半,然后收拾好行装,反锁上房门。我们离开那里,走向新的生活。

* 载于1982年第7期《丑小鸭》杂志。

图书在版编目（CIP）数据

绿毛水怪／王小波著 .— 北京：北京十月文艺出版社，2018.6（2024.4 重印）
 ISBN 978-7-5302-1794-8

Ⅰ.①绿… Ⅱ.①王… Ⅲ.①短篇小说-小说集-中国-当代 Ⅳ.①I247.7

中国版本图书馆 CIP 数据核字（2018）第 045434 号

绿毛水怪
LÜMAO SHUIGUAI
王小波 著

出　　版	北京出版集团公司
	北京十月文艺出版社
地　　址	北京北三环中路 6 号
邮　　编	100120
网　　址	www.bph.com.cn
发　　行	新经典发行有限公司
	电话（010）68423599
经　　销	新华书店
印　　刷	山东韵杰文化科技有限公司
版　　次	2018 年 6 月第 1 版
印　　次	2024 年 4 月第 27 次印刷
开　　本	850 毫米 ×1168 毫米　1/32
印　　张	6
字　　数	109 千字
书　　号	ISBN 978-7-5302-1794-8
定　　价	39.00 元

质量监督电话　010-58572393
如有印装质量问题，由本社负责调换

版权所有，未经书面许可，不得转载、复制、翻印，违者必究。